Fractures familiales

Nouvelles

Photo couverture : Gautier Rogge

© 2022, Jean-Luc Rogge

Édition : BoD – Books on Demand, info@bod.fr

Impression : BoD – Books on Demand, In de Tarpen 42, Norderstedt (Allemagne)

Impression à la demande

ISBN : 978-2-3223-9199-8

Dépôt légal : février 2022

Nouvelle édition revue et corrigée par l'auteur.
1ère publication février 2019

À Jacqueline et Simonne
Merci à Solène pour sa précieuse collaboration

Du même auteur :

- *Histoires singulières*
- *Histoires à vivre avec ou sans vous*
- *Histoires fâcheuses*
- *De bien curieuses histoires*
- *Dérapages inattendus*
- *Rien de grave, je t'assure*

Jean-Luc Rogge

Fractures familiales

Nouvelles

Imbroglio familial

1. Laurent

Jeudi deux novembre 2017

Après avoir bien râlé, Laurence vient enfin de dénicher une place sur le parking contigu au bâtiment. Tout en coupant le moteur de la voiture, elle pousse un profond soupir et me lance un regard désolé. Je lui prends la main et la serre longuement. Que pourrais-je lui dire ?

Silencieux, nous sortons du véhicule et, engoncés dans nos vestes, nous nous dirigeons, transis par cette bruine froide et pénétrante qui nous accompagne depuis le matin, vers l'entrée principale de l'hôpital, vestige décrépit de la fin des années cinquante.

Tels des zombies, nous passons, presque sans la remarquer, devant la réceptionniste, une dame d'âge mûr au regard éteint et à l'air triste, perdue dans l'uniforme moche et difforme qu'elle est tenue de porter durant toute sa prestation.

Instinctivement, sans même nous concerter, nous ignorons l'ascenseur sur notre gauche et nous empruntons l'immense escalier de marbre situé au fond du hall.

Lorsque nous parvenons au premier étage, une pancarte nous indique la voie à suivre : couloir de droite. À peine quelques mètres à parcourir, et nous y sommes. Sur la gauche, une porte à double battant près de laquelle un téléphone est accroché au mur. Un écriteau est apposé près de l'appareil. Nous nous approchons et déchiffrons l'inscription : « Lors d'une première visite, veuillez signaler votre présence. »

Interloqués, nous hésitons un instant, puis Laurence, d'un geste maladroit, décroche le combiné. À peine l'a-t-elle saisi que la porte s'ouvre brusquement.

Le sourire aux lèvres, une dame âgée, aux cheveux gris bouclés, vêtue d'un tablier blanc, nous accueille.

— Monsieur Masure a été transporté ici par ambulance vers treize heures, lui dis-je, d'une voix blanche.

Elle acquiesce d'un léger hochement de tête.

— C'est tout au fond, à droite, nous dit-elle. Entrez, je vous en prie. Vous verrez, la chambre est agréable et lumineuse.

Le couloir, dans lequel elle nous entraîne, est assez large, mais long, tout au plus, d'une trentaine de mètres. Tout en la suivant, j'observe brièvement les lieux.

À l'entrée, directement sur la droite, est situé un local sans doute réservé au personnel. Derrière la vitre, assise bien droite devant l'écran d'un ordinateur, une jeune infirmière aux cheveux courts semble rêvasser. À notre passage, elle relève pourtant la tête et nous adresse un signe discret de la main. Surpris, je lui réponds d'un sourire forcé.

Nous passons ensuite devant les portes donnant accès aux premières chambres. Deux d'entre elles sont ouvertes. Dans la première, j'entrevois furtivement les jambes d'un malade alité et, dans la deuxième, je croise le regard éteint d'une personne occupée de s'alimenter. Un malaise obscur m'envahit !

Puis, au milieu du couloir, à nouveau sur la droite, une baie vitrée ouvre sur un local inattendu en cet endroit : j'y repère notamment une table de salle à manger, six chaises ainsi qu'un divan et deux fauteuils confortables. Bizarrement, un canari, enfermé dans une cage, y pépie allègrement. Je crois même aussi y remarquer un coin cuisine avec percolateur et frigo.

Tout s'entrechoque dans ma tête. Pour l'instant, mon cerveau se contente d'enregistrer, sans les analyser, les informations qui lui parviennent. De la sorte, j'estime à une dizaine, tout au plus, le nombre total de chambres du service. Nous atteignons enfin celle dans laquelle repose notre père. Et tandis que la dame en ouvre la porte et s'efface pour nous laisser y pénétrer, Laurence éclate en sanglots. Un trop-plein évident d'émotions la submerge.

— Un instant, je vous prie, dit-elle. Il faut que je me reprenne.

Habituée, à n'en point douter, à ce genre de réaction, la femme s'éclipse un instant et ressurgit aussitôt munie d'une boîte de kleenex qu'elle fourre d'office dans les mains de Laurence.

— Prenez tout votre temps, nous assure-t-elle. Je suis volontaire accompagnatrice ici et, si vous souhaitez quoi que ce soit, n'hésitez pas à m'appeler. L'infirmière vous rejoindra dans quelques minutes pour les formalités.

Je la remercie et, alors qu'elle s'éloigne et que Laurence tente, tant bien que mal, de reprendre ses esprits, j'observe ce couloir de clinique, si ordinaire, si conventionnel, et pourtant tellement singulier.

Et curieusement, alors que je lève les yeux ct observe le plafond, il me semble que des centaines de spectres y déambulent paisiblement tout en m'épiant.

Et à cet instant précis, je frémis car, qu'on le veuille ou non, nous avons pénétré dans le couloir de la mort... celui dont on ne ressort habituellement que les pieds devant.

Et c'est sûr, dans quelques jours ou quelques heures, à soixante-cinq ans à peine, notre père va mourir ici même dans cette unité de soins palliatifs.

Chienne de vie !

2. Maxime

Mercredi vingt-sept décembre 2017

Quand les flics ont défoncé la porte d'entrée d'un coup de masse et ont déboulé, aussitôt, dans notre logis, en vociférant comme des demeurés, j'ai cru rêver.

Le soleil venait de poindre à l'horizon et, malgré la saison, une journée délicieuse s'annonçait : froide, certes, mais lumineuse. Occupé à déguster une première tasse de café dans la cuisine, j'observais, comme presque chaque matin avant d'affronter les tracas quotidiens, les nombreux moineaux qui, tout en pépiant, se régalaient avec les graines déposées dans leur mangeoire. Évidemment, leur envol soudain aurait, peut-être, pu m'alerter mais, sans réelle raison de me sentir menacé, je n'y avais pas prêté garde.

En moins de deux, avant d'avoir pu esquisser le moindre geste, je me suis retrouvé plaqué au sol et menotté, les mains dans le dos, par trois malabars casqués.

— Mais c'est quoi ce bordel ? ai-je hurlé alors.

Pour toute réponse, et tandis que ses deux complices se mettaient à fouiller partout, l'un des lascars m'a agrippé les cheveux au-dessus de la nuque, m'a soulevé violemment la tête vers l'arrière et l'a projetée brutalement vers le sol. Instantanément, au contact du carrelage, mon arcade sourcilière droite a cédé et le sang s'est mis à gicler puis, très vite, à m'aveugler. Dès cet instant, la panique m'a envahi et des soubresauts m'ont secoué le corps.

« Maxime, ces mecs vont te buter, me suis-je dit. Ils ont cru repérer une cache de jihadistes et, les connards, ils se sont gourés de planque. Pas de bol, mec, c'est tombé sur toi ! »

J'en étais là, dans mes réflexions saugrenues, quand j'ai senti deux patoches me soulever du sol et me déposer, sans ménagement, sur une chaise.

— Ta meuf, elle est où, ta meuf ? m'a crié l'un des trois sauvages.

— Vous avez un mandat de perquisition ? ai-je cru bon de répondre.

Sans hésiter, il m'a balancé son poing dans la figure. Puis il a approché son visage du mien et m'a demandé :

— Cela vous suffit comme mandat ?

D'un seul coup, et bien qu'il m'eût vouvoyé, le peu de confiance qui me restait dans les forces de l'ordre de notre bon pays, s'est évaporé. J'ai levé les yeux vers lui et, malgré la multitude d'étoiles scintillantes qui m'empêchaient de le distinguer clairement, j'ai compris, à son regard sombre, qu'il n'était pas ici pour plaisanter.

— Elle s'est barrée, il y a huit jours, lui ai-je dit.

À ce moment, l'un de ses acolytes s'est approché de nous et lui a murmuré un truc inaudible à l'oreille. Sur le coup, il a semblé contrarié, puis il s'est ressaisi, il m'a saisi le menton et il m'a susurré, au plus près :

— Tout ceci, ce n'était rien qu'une petite visite de courtoisie, tu comprends. Rien d'autre qu'une petite visite de courtoisie. Imagine-toi si cela avait été une perquisition ! Et maintenant, écoute-moi bien. Si ta compagne, un jour ou l'autre, elle refait surface, t'as tout intérêt à nous prévenir. D'accord ?

— Mais je ne vous connais même pas, ai-je répondu, alors que j'étais pris d'un haut-le-cœur imputable à son haleine fétide.

— Ne te fous pas de ma gueule. Tu en connais beaucoup des commissariats dans le quartier ? a-t-il demandé, en me secouant légèrement.

J'ai hoché la tête négativement.

— Bien, m'a-t-il dit. Tu vois que tu comprends facilement quand tu veux. Eh bien, si ta donzelle réapparaît, tu te précipites chez nous et tu demandes l'inspecteur principal Renard.

— Renard, comme un... ai-je répondu.

Il a haussé les épaules et il m'a regardé lourdement, d'un air désespéré, le genre d'air que l'on prend quand, devant soi, traîne un infâme crétin. Puis, il s'est redressé et ils ont quitté la maison, tous les trois, comme si de rien n'était.

Après leur départ, j'ai patienté un peu pour tenter de reprendre mes esprits, puis, péniblement, je me suis relevé et je suis monté, tant bien que mal, dans ma chambre, au premier étage. Latifa ne s'y trouvait plus, bien sûr ! Alors, je suis redescendu et je me suis dirigé vers la salle de bains afin d'y prendre une douche. Toute la maison était, bien sûr, sens dessus dessous.

« Heureusement que maman ne voit pas cela », me suis-je dit.

Ensuite, le reste de la matinée me fut nécessaire pour me persuader qu'il ne s'agissait pas d'un cauchemar et que la femme de ma vie avait, bel et bien, disparu.

3. <u>Laurent</u>

Lundi 1ᵉʳ janvier 2018

Soixante et un jours déjà !

— Bonne année, papa.

Il lève les yeux et me foudroie du regard. Je me liquéfie sur place. L'espace d'un instant, je redeviens le fils débile qu'il aurait préféré ne jamais concevoir. Son mépris à mon égard est incommensurable. Une chape de plomb s'abat sur mes épaules. Pourquoi mon père m'a-t-il toujours détesté ?

— Arrête de me débiter des âneries, tu veux, me dit-il, passablement énervé. Tu m'as vu ? Si tu veux être un rien serviable, aide-moi plutôt à mourir, espèce de...

Il arrête brusquement de m'agresser et redevient passif, absent.

Je ne réagis pas. Nulle raison de s'inquiéter. Les médecins nous ont prévenus, Laurence et moi : notre père souffre d'une forme de catatonie consécutive à sa tumeur cérébrale.

Catatonie, à l'époque, le terme m'avait plu !

— C'est un chat qui se promène près de la fenêtre ? me demande-t-il soudain, le sourire aux lèvres.

J'ai envie de hurler.

— Oui, lui dis-je, secoué.

Et commence, entre nous, une conversation délirante qui, tôt ou tard, dérapera malheureusement lorsqu'il assènera, d'un ton péremptoire, que sa chère épouse, ma mère, doit encore être occupée, à l'heure qu'il est, de se trémousser dans les bras d'un gigolo plutôt que de se trouver au chevet de son pauvre mari malade. Pauvre maman, décédée, il y a plus de dix ans déjà, à ses côtés, lors d'un carambolage sur l'autoroute alors qu'elle devait fêter son cinquante-cinquième anniversaire pas plus tard que le lendemain.

— Bonjour Philippe, vous désirez un potage avant le dîner ?

Delphine, une jeune infirmière, un peu potelée mais au regard éclatant, vient de pénétrer dans la chambre et crée une diversion bienvenue. Comme toujours, la fille respire la bonne humeur. « Comment cela est-il possible dans un tel environnement ? » me dis-je, souvent.

Au son de sa voix, le visage de papa s'illumine. Le revoilà prêt, pour quelques minutes, à revivre. Aussitôt, il replonge avec elle dans son jeu favori, celui de la séduction. Il récupère une partie de sa jeunesse. Il oublie ce foutu crabe qui lui dévore le cerveau. Cette fille, en cet instant, il l'adore, j'en suis sûr. Cela crève les yeux. Ah ! sacré papa.

L'unité de soins palliatifs dans laquelle il se trouve dispose de sept chambres et de huit lits. Tout y est centré sur le confort des malades, déclarés incurables. Ici, plus question de soigner : accompagnement optimal, soulagement immédiat, bien-être sont les maîtres-mots du service. La durée moyenne de séjour dans une chambre est d'une petite semaine : dernières nuitées en hôtel de luxe avant le grand saut !

Mais papa est un cas. Papa a toujours été un cas. Le corps décharné de cet homme usé, rongé par la maladie et qui, dans ses rares instants de lucidité, ne désire pourtant plus qu'une chose, mourir dignement, le plus rapidement possible, se révolte et résiste.

Et le gros hic, pour lui, est que sa volonté de mort assistée, position qu'il a pourtant tant prônée, toute sa vie, pour les malades incurables qui le souhaitent, ne peut être suivie. On croit toujours que l'on a le temps. Il l'a cru aussi et sa démarche n'a donc jamais été officiellement enregistrée et, à présent, le médecin, responsable de l'unité, estime qu'il n'a plus toutes les capacités intellectuelles requises pour décider lui-même en toute conscience de son futur.

En toute conscience de son futur ! Les bras m'en tombent...

Voilà donc pourquoi, doté de cet organisme puissant qui ne veut pas lâcher prise et qui, depuis qu'il est ici et que toute thérapie a été abandonnée, a même repris des forces, mon propre père, par la volonté d'une seule personne, se voit condamné à attendre, patiemment, la délivrance finale et à endurer d'inutiles souffrances psychologiques.

— Laurent, je t'en prie, ouvre-moi cette tirette.

— Désolé, je ne peux pas, papa. Il n'y a que les infirmières qui peuvent le faire.

Il gémit.

Il gémit et je frémis !

Il vient, pour la millième fois, de m'appeler au secours et je viens, pour la millième fois, de lui refuser mon aide.

J'ai honte ! Est-il humain de maintenir un être, sous prétexte que ses facultés cognitives sont altérées, enserré à longueur de journée, dans un drap-housse de sécurité à manches ?

— Salut, papa. Bonne année.

Par bonheur, Laurence, toute guillerette, vient de pénétrer dans la chambre et nous interrompt.

Toute contrariété disparaît instantanément du visage de papa. Son regard s'illumine. Il sourit gentiment à sa petite fille de quarante-deux ans, ma jumelle, sa préférée. Après nous avoir embrassés et pris de ses nouvelles, elle s'assied à son chevet, lui prend la main, et se met à subir patiemment, durant de longues minutes, ses jérémiades habituelles.

Puis, elle m'invite à passer chez elle le soir. Elle fera un gourmet. Je ne dois pas m'inquiéter : à part Manuel, son mari, et Axel, son ado de seize ans, mon filleul, il n'y aura personne. Je me dis que cela me changera les idées. J'accepte donc de bon cœur sa proposition et j'en profite pour me lever. Je fais la bise à mon père et je lui promets de revenir le lendemain matin vers onze heures... comme chaque matin maintenant depuis soixante et un jours.

Ensuite, très vite, je m'éclipse.

De l'air, vite de l'air !

4. Maxime

Jeudi quatre janvier 2018

Dans la vie, aucun doute là-dessus, quand les emmerdes surgissent, elles surgissent. Et en série, évidemment ! La loi du même nom, sans doute.

Décidément, depuis le départ de Rémi, tout s'enchaîne. Et pas de la meilleure façon, malheureusement. À croire qu'il nous a jeté un mauvais sort, ce crétin. De la part d'un bon catho pratiquant, ce serait tout de même étonnant.

Je n'ai jamais vraiment compris comment maman a pu s'enticher de ce type et ensuite, surtout, le supporter pendant plus de quinze ans.

Huit jours déjà que les flics ont déboulé dans la baraque et toujours pas de nouvelle de Latifa. Depuis, j'ai bien dû tenter de la contacter dix mille fois sur son mobile. Et, dix mille fois, je suis tombé sur son foutu répondeur. Merde, je n'y comprends rien. Quand je me suis levé ce fameux matin, je la croyais pourtant profondément endormie. Eh bien, non ! Pouf ! un quart d'heure plus tard tout au plus, elle s'était envolée. Volatilisée, la belle, après l'irruption des cinglés. Merde, pourquoi s'est-elle barrée ? Qu'est-ce qu'ils lui voulaient, ces débiles ?

Ah ! c'est sûr, je brosse le bahut toute la semaine. Pas le cœur à fréquenter, comme si de rien n'était, mes potes et leurs vannes pourries.

Dehors, le ciel, d'un bleu limpide, en ce début d'après-midi, égaie la nature endormie. La température doit approcher les quinze degrés. Dur d'imaginer que l'on se trouve près de Lille, quelques jours seulement après la nouvelle année. Si papy était encore là, il me sortirait, c'est sûr, qu'il n'y a plus de saisons, qu'à son époque, aux alentours de l'Épiphanie, il gelait toujours à pierre fendre.

Dans le jardinet, dix mètres sur cinq, entouré de hauts sapins qui isolent celui-ci de ceux, similaires — maisons ouvrières obligent — des voisins, quelques oiseaux, suspendus au filet vert contenant leur pitance, se disputent les dernières graines. Je me dis qu'il faudra que je pense à en racheter.

Pff, cette baraque tombe en ruines. Maman est venue s'y installer avec papy et mamie en 97 quand ils ont quitté le nord de la France pour la Belgique. Est-ce pour ne pas être dépaysés qu'ils ont choisi de s'installer dans cette rue de Mouscron, parallèle à la frontière ? Il paraît qu'à l'époque, déjà, la maison n'était plus toute fraîche. J'y suis né quelques mois plus tard. Maman m'a souvent parlé de son accouchement : à l'ancienne, à domicile, sur la table de la salle à manger, avec une sage-femme. Tout cela à l'aube du vingt et unième siècle. Je rêve !

Je consulte les comptes Facebook, Instagram et Twitter de Latifa : rien n'y a été modifié, ni ajouté depuis une semaine. Elle se terre. Pour quelle raison ?

Un bref coup de sonnette me fait sursauter. Je passe dans le couloir et je m'approche à pas feutrés de la porte d'entrée qui a été réparée de toute urgence avant-hier par le père de l'un de mes potes, un bon bricoleur, pour près de deux cents euros. À cette occasion, la carte bancaire de maman m'a été, une nouvelle fois, bien utile. Je crains toutefois, si elle ne peut reprendre assez vite le boulot, que ses réserves s'amenuisent rapidement et que ses comptes passent dans le rouge. Mais je n'avais pas le choix car, dans le quartier, quiconque souhaite passer une nuit tranquille s'enferme chez lui à double tour.

Avant d'ouvrir, je jette prudemment un coup d'œil par le judas : le facteur !

— Bonjour. Je me suis permis de sonner car votre boîte aux lettres déborde et il m'est quasi impossible d'encore y déposer du courrier, me dit-il, d'un ton neutre mais en souriant.

Joliment surpris par une telle sollicitude, je le remercie sincèrement et justifie vaguement mon oubli par l'absence prolongée de ma mère de la maison.

— Vous savez, les boîtes pleines attirent les voleurs, me dit-il encore, compréhensif, avant de me saluer et de tourner les talons.

Je vide la boîte : quelques factures, deux catalogues publicitaires et un nombre incalculable de prospectus ont suffi à attirer l'attention sur moi. Hormis les lettres, que je dépose sur le buffet, je jette immédiatement le reste à la poubelle. Quel gâchis !

Ensuite, je m'affale dans le fauteuil, allume machinalement la télé et me mets à zapper systématiquement. Puis, alors qu'une douce torpeur commence à m'envahir devant ces images qui défilent, mon GSM se met à vibrer et la photo de Latifa s'affiche sur l'écran avec la mention : vous avez un nouveau message !

Mon cœur s'emballe !

5. <u>Latifa</u>

Mercredi trois janvier 2018

Cette ordure, je savais qu'elle ne me lâcherait pas si facilement !

Serait-ce mon sixième sens qui, une nouvelle fois, m'a permis de m'en sortir ou cette obligation, depuis toujours, d'être aux aguets, de devoir me méfier de tous et de tout ? Quoi qu'il en soit, dès que j'ai entendu ce léger crissement de pneus, presque imperceptible, sur le gravier de l'allée du garage, suivi aussitôt par un bruit de portières se refermant discrètement, j'ai pressenti que quelque chose clochait. On ne se gare pas de cette manière pour rendre une visite de courtoisie aux amis !

Après un rapide coup d'œil à la fenêtre, j'ai compris que mon instinct ne m'avait pas trompée et qu'il n'y avait pas une seconde à perdre puisque, chacun le sait, une voiture munie de gyrophares qui stationne devant votre domicile, présage rarement le meilleur.

En moins de deux, sans même prendre le temps d'enfiler une culotte, j'ai mis mon training, saisi mon GSM et mon portefeuille, et je me suis éclipsée, en empruntant la toiture plate de la chambre arrière, puis l'échelle de secours qui aboutit dans le jardin.

On n'est jamais trop prudent ! Surtout si l'on traîne d'énormes boulets. Cette issue, je l'avais repérée et je me l'étais assurée, il y a quatre mois déjà. Le soir même, en fait, où, Maxime et moi, nous avons couché ensemble pour la première fois.

Ah ! Maxime...

Une semaine déjà.

Bon, si je ne veux pas me retrouver avec une peau complètement gercée, il faut que je me décide à sortir de cette baignoire.

— Mathilde, tu me passes une serviette, ma belle ?

Là, je me marre car elle va râler. Ah ! ma demande va la faire bondir, la Mathilde, j'en suis sûre. Ouais, le cœur sur la main mais soupe au lait comme pas deux, cette nana.

Vu la situation pour le moins biscornue dans laquelle je suis fourrée, l'heure n'est pourtant pas vraiment aux réjouissances, j'en conviens, mais je ressens un tel besoin de décompresser, de me détendre en ce moment...

Oups ! la voilà qui surgit.

— Tu te fous de ma gueule Latifa ? Tu ne peux pas me lâcher deux minutes ? Tu ne pouvais pas prévoir que tu ressortirais obligatoirement mouillée de cette foutue baignoire et qu'il te faudrait ensuite quelque chose pour t'essuyer ? Non mais, et en plus de la serviette, tu ne veux pas, aussi, que je t'essuie le dos et, pendant que j'y suis, que je te fasse un petit massage en prime ?

— Je t'aime, ma Mathilde. Jamais, je n'oublierai tout ce que tu as pu faire pour moi, tu sais, lui dis-je, d'un ton câlin.

— Ouais, ouais. Et puis cache-toi, t'es trop belle avec ta peau ambrée et tes petits nichons en poire. Tu me donnes vraiment envie, tu sais. Ah ! vraiment, quelle idée de craquer pour ce jeunot. Tu n'en avais pas assez bavé avec les mecs ?

— Lui, c'est une autre histoire. C'est encore un gamin, tu sais. Il est tellement sensible, tellement idéaliste, tellement innocent. Et puis il a déjà assez de soucis pour le moment avec sa mère, non ?

— Ouais, bien sûr, mais si tu veux mon avis, et même si tu ne le veux pas, je te le donne quand même, t'es pas claire dans cette histoire. Que tu lui laisses imaginer qu'il est tombé, comme par magie, sur une sainte-nitouche, ce n'est pas fameux, tu sais.

— Oh ! arrête, Mathilde. Tu crois que c'est facile d'avouer, de but en blanc, à quelqu'un que tu aimes, qu'il se trompe du tout au tout sur toi. Qu'en réalité, t'es pas une réfugiée en situation irrégulière, que t'es jamais montée sur un bateau, que t'es pas arrivée ici clandestinement, mais de ton plein gré, aux bras d'un mec qui t'avait monté la tête, qui te baisait divinement trois fois par jour, qui t'avait promis monts et merveilles mais qui, finalement, t'a balancée, comme une chienne, sur le trottoir. Tu crois que c'est facile d'avouer que ta vie n'a rien d'un long fleuve tranquille. Qu'un salaud est à tes trousses. Qu'elle ne te lâchera pas si facilement, cette charogne.

— Évidemment, ma belle, je sais que ce n'est pas facile. T'en as vécu de fameuses galères, tu aspires à te poser. Mais mets-toi à la place de ce pauvre gamin qui voit débarquer les flics chez lui et qui n'y comprend que dalle. Faut qu'il sache, tout de même. Et ce branleur de Renard, tu y as songé ? Faut s'en occuper avant qu'il ne ressurgisse.

— Oui, c'est sûr, tu as raison, Mathilde. Je sais parfaitement que cette situation ne peut plus durer. Je sais qu'il faut que je crève l'abcès, très vite, même au risque que tout s'infecte, irrémédiablement. Demain, je le contacte. Promis, juré !

— Allez, sors de ce bain, ma puce. L'eau doit être glacée maintenant.

— J'y ai droit à ce massage ?

6. Latifa

— Alors tu te sers de moi depuis le début. Notre aventure, ce n'était rien que du pipeau. J'y croyais pourtant, tu sais, à notre histoire. Je t'aimais comme un fou, moi. Ah ! on peut dire que tu m'as bien entubé. Et merde, dire que depuis quatre mois, je me tape une pute.

Il tremble légèrement. Il a du mal à contenir la rage qui le submerge. Il doit me détester. Il me déteste. Comment pourrais-je lui en vouloir ?

Nous sommes installés, face à face, à une petite table circulaire, près du bar, loin des baies vitrées, dans le coin le plus retiré de la brasserie dans laquelle je lui avais fixé rendez-vous à treize heures. La salle est bondée mais personne ne nous prête attention.

Il a beaucoup de mal à contenir ses larmes. Il est naturellement beau, mais sa détresse le rend magnifique. Je voudrais m'approcher, le toucher, lui exprimer l'amour sincère que j'éprouve pour lui, mais je n'ose bouger. Comment pourrait-il encore supporter le moindre contact physique avec moi après les mensonges que je viens de lui confesser ?

— Maxime, mon amour, je te répète que jamais, je n'ai voulu me servir de toi, lui dis-je, désolée. Souviens-toi du soir où tu m'as rencontrée. J'étais assise, prostrée sur un banc, dans la salle d'attente de la gare. Toi, t'avais passé la journée à Tourcoing et tu venais de rentrer avec le dernier train. Je ne t'ai pas adressé la parole. C'est toi qui, je ne sais toujours pas pour quelle raison, t'es approché de moi et m'as demandé si j'avais besoin de quelque chose. Quand je t'ai entendu, je me suis méfiée et j'ai d'ailleurs failli, avec les dernières forces qui me restaient, t'envoyer sur les roses. Mais quand j'ai levé les yeux vers toi, j'ai vu, tout de suite, que t'étais différent de tous les salauds que j'avais pu côtoyer jusqu'alors.

— T'étais crevée d'avoir trop baisé, en fait, réplique-t-il durement.

— Ne sois pas blessant. C'est toi, finalement, qui as imaginé cette histoire de réfugiée. Et comme je ne réagissais pas trop à tes questions cette nuit-là, tu t'es chargé de fournir toi-même les réponses. T'as tout suggéré, même la traversée jusqu'en Italie et la noyade de mes parents. Je n'ai eu qu'à t'approuver en inventant, au fur et à mesure, quelques détails pour rendre le truc tout à fait crédible. Tu sais Maxime, à ce moment-là, j'ai trouvé ta version de cette séquence de ma vie tellement plus dure, mais tellement plus belle aussi, que celle que j'avais eue à affronter réellement, que je me suis laissé emporter par ton délire.

— Ouais, j'ai été con, mais je m'étais quand même dit que tu t'exprimais rudement bien pour une demandeuse d'asile originaire d'un minuscule village du Haut Atlas.

La colère l'a quitté. Son visage est redevenu serein. Il me fixe, l'air triste, de ses yeux pers, si particuliers, si envoûtants. Je sens l'hésitation le gagner. La partie n'est peut-être pas définitivement perdue. Je me glisse dans la brèche.

— Maxime, lui dis-je, je t'ai menti, d'accord, mais sache que je ne regrette rien car ce mensonge m'a permis de te connaître et de découvrir l'amour, le vrai. Si je t'avais raconté mon histoire, il y a quatre mois, ne me dis pas que tu serais resté une seconde de plus à mes côtés. Tu m'aurais lâchée et oubliée aussitôt.

Il baisse la tête.

— T'as sûrement raison, me répond-il, indécis.

— Maxime, je reprends aussitôt, avant que la faille ne se referme, il n'y a pas de hasard dans la vie. Il n'y a pas plus de quatre mois, à vingt-deux ans, j'ai rencontré, comme par magie, après avoir déjà bien galéré dans ma putain d'existence, un jeune mec de dix-neuf piges, bien sous tous rapports. Et là, lors de cette rencontre particulière, il s'est passé un truc rare : malgré tous les déboires que j'avais pu connaître précédemment avec les hommes, je flashe immédiatement sur lui. Et miracle, lui aussi, il flashe sur moi. Un vrai signe du destin, je te dis, car depuis, lui et moi, nous vivons tous deux sur un petit nuage. Alors, je t'assure qu'aujourd'hui, de mon côté, je ne suis pas prête à le lâcher. S'il veut bien oublier mes dérapages et m'accorder à nouveau sa confiance, sois certain que, jamais, il ne le regrettera.

— Je ne sais sincèrement plus où j'en suis, Latifa, me répond-il. Tu te rends compte aussi bien que moi que tout ce micmac n'est pas facile à avaler. Je t'adore, tu t'en doutes, mais il me faudra, à coup sûr, un certain temps pour digérer.

Puis, après un moment d'hésitation, il ajoute :

— Mais tu as raison, mon amour, nous sommes destinés l'un à l'autre, j'en suis persuadé, moi aussi, et, quoi qu'il ait pu se passer, nos chemins ne se sépareront jamais.

Tout en prononçant ces dernières paroles, il m'a saisi la main et il se met à la caresser tendrement.

Le romantisme de ce mec me sidère !

Et là, à ce moment précis, moi, habituellement si forte, je sens que je vais craquer.

— Bon, il faut que j'y aille, me sort-il alors. J'ai promis à maman de passer la voir.

— Comment va-t-elle ? lui dis-je, penaude.

— Ne t'inquiète pas, elle en viendra à bout de son crabe, répond-il.

Puis il se lève, s'approche de moi, abaisse son visage à hauteur du mien et, malgré le monde qui nous entoure, m'embrasse langoureusement sur la bouche.

Ensuite, il fait mine de s'éloigner mais, après quelques pas, il s'arrête brusquement, tourne les talons, revient vers moi et il me demande :

— Et finalement, qu'est-ce que les flics ont à voir avec toute cette affaire si t'es pas recherchée ?

7. <u>Serge</u>

Mercredi dix janvier 2018

À peine avais-je franchi le seuil de la maison après cette rude journée, que j'ôtais chaussures et uniforme et balançais le tout sur la première chaise rencontrée.

Ensuite, je me suis servi un whisky et je l'ai avalé d'un seul trait. Puis je me suis dirigé vers la salle de bains et j'ai pris une courte douche.

Avachi maintenant dans le sofa défraîchi depuis des lustres qui trône dans mon salon, un morceau de pizza dans la main droite, une bière bien fraîche dans la main gauche, je jette un œil sur un film de la fin des années soixante qui passe à la télé. Tout en suivant distraitement Belmondo et Deneuve occupés de se bécoter à l'écran, je tente de remettre un peu d'ordre dans ma pauvre caboche dans laquelle trop d'idées trottent furieusement à mon goût.

Pff, je suis épuisé. Faudra sérieusement que je pense à me remettre au régime. Le surpoids vous tue un homme, pas de doute là-dessus. À quarante balais, je ne suis pas si vieux, quand même.

Bon, l'intervention avec les collègues chez le petit ami de Latifa, ce n'était pas génial, génial, je le conçois. Dangereux, surtout, car si des échos de notre petite escapade étaient parvenus jusqu'aux oreilles de mes supérieurs, au vu de mes antécédents déjà pas brillants, j'en conviens, je ne crois pas qu'ils auraient apprécié. Enfin, après sa disparition brutale, je ne pouvais quand même pas laisser cette traînée refaire surface innocemment. Dans la profession, il y a des codes, et ces codes, chacun se doit de les respecter.

Elle a pourtant été plutôt contente, il me semble, quand je l'ai accueillie ici et que j'ai assuré sa protection après l'arrestation de son premier mac. Merde, j'ai tout fait pour elle. Je lui ai même loué un nouveau studio qui lui a permis, en moins de deux, de doubler sa clientèle. Décidément, la reconnaissance n'est pas une valeur féminine. La confiance non plus, d'ailleurs !

Bon Dieu, je suis vraiment sorti de mes gonds, je l'avoue, le jour où j'ai découvert qu'elle avait conservé une partie de nos gains et qu'elle envisageait, sérieusement, de fuir. Ce midi-là, j'ai cogné sec, c'est vrai, et je l'ai salement amochée de tous côtés, mais elle l'avait mérité, il me semble.

Après, avant d'aller prendre mon service, je l'avais consolée un peu et je lui avais conseillé de marcher droit dorénavant. Elle avait approuvé, avait semblé comprendre son erreur et m'avait demandé pardon. Mais le soir, quand je suis rentré du commissariat, la garce s'était volatilisée.

Ensuite, il a fallu que je m'arme de patience car, pendant près de six mois, malgré tous mes efforts, je n'ai pu retrouver sa trace. Et alors que je commençais à me faire une raison et pensais qu'elle avait dû réussir à rejoindre son bled, Freddy, l'un de mes collègues, l'a bêtement croisée au supermarché, occupée de faire ses courses, comme une bonne petite ménagère, comme si de rien n'était.

La suite fut un jeu d'enfants. Fred, en bon inspecteur, l'a suivie discrètement, a repéré sa piaule et m'a prévenu. Pour ma part, après une courte enquête, j'ai appris qu'elle vivait, depuis quelques mois, le parfait amour avec un jeune blanc-bec, même pas sorti de l'école et que, depuis leur rencontre, ils résidaient chez la mère du jeunot, à ses crochets, probablement. Comme il s'est avéré, très vite, que la génitrice du gamin est actuellement à l'hosto et que les tourtereaux occupent seuls la maison, j'ai pensé que, pour récupérer mon bien, il fallait agir vite.

Mais là, je dois bien l'avouer, en défonçant la porte chez eux comme un dingue, j'ai commis une erreur de débutant, indigne d'un flic de mon rang, car cela lui a laissé le temps de déguerpir.

Mais je retrouverai cette garce et elle le paiera cher, je me le suis juré.

Tiens, le film est terminé. Zut, je n'ai même pas vu la fin. Est-ce que Bébel a conclu ?

Merde, on vient de sonner. Purée, mais pourquoi faut-il qu'on vienne me déranger chaque fois que je suis presque à poil ?

Je m'approche silencieusement de la porte.

— Oui ?

— Inspecteur Renard ? m'interroge une voix féminine.

— Qu'est-ce que vous lui voulez à l'inspecteur Renard, dis-je, méfiant.

— Soyez poli, ouvrez-moi cette foutue porte et je vous le dirai, me répond la femme, d'un ton agressif qui a tout pour me déplaire.

— Qui êtes-vous, d'abord ?

— Mathilde Vivier, inspecteur. Nous nous sommes déjà rencontrés. Je suis une des assistantes sociales de la commune.

Mathilde Vivier, Mathilde Vivier. Ouais, je vois, Mathilde : une grande bringue déglinguée, d'une trentaine d'années, aux cheveux blonds peroxydés, coupés courts. Une lesbienne notoire qui s'occupe des cas sociaux.

— Vous n'avez pas vu l'heure, Mathilde ?

— Si je vous dis que j'ai des renseignements qui pourraient vous intéresser sur une certaine Latifa, l'heure tardive aura-t-elle encore beaucoup d'importance à vos yeux, inspecteur ?

— Et pourquoi vous voudriez me fournir ces informations ? lui dis-je, toujours méfiant.

— Vous savez comme moi, inspecteur, que Latifa préfère les hommes aux femmes, me répond-elle.

Alors, le sourire aux lèvres, tout en pensant que la jalousie des femmes est infinie, je lui ouvre sans plus attendre.

8. <u>Mathilde</u>

Jeudi onze janvier 2018

Désemparée, je quitte la villa en catimini. Nulle âme à l'horizon. À plus de minuit, il aurait été étonnant qu'il en fût autrement dans ce quartier résidentiel. D'un pas rapide, je me dirige vers ma voiture que j'avais, heureusement, pris soin de garer à plus d'un kilomètre, dans une rue proche du centre-ville. L'air glacial me pique le visage. Je tremble intérieurement. Maintenant que la tension est retombée, je prends, peu à peu, tout en marchant, conscience de la gravité de l'acte que je viens d'accomplir. L'avais-je prémédité ? Je ne pourrais l'affirmer mais toujours est-il que j'avais quand même, avant de quitter la maison, fourré dans mon sac le couteau le plus tranchant trouvé dans ma cuisine.

Je m'engouffre enfin dans ma vieille caisse, reprends mon souffle, jette un regard aux alentours. Pas un chien : la rue est déserte, endormie. Je démarre lentement, évite la grand-place et ses cafés encore ouverts, prends soin, tout en roulant, de respecter les limitations de vitesse et, après quelques minutes interminables, j'arrive enfin à proximité de mon appartement. Je gare la voiture au sous-sol, emprunte l'ascenseur jusqu'au troisième, récupère mes clés tout au fond de mon sac, ouvre la porte et pénètre enfin dans mon logis. Je n'allume pas, me dirige à tâtons vers le divan situé face à la baie vitrée et me laisse choir dans celui-ci. Je me détends peu à peu. Mes pulsations cardiaques retrouvent un rythme normal. Mon taux d'adrénaline doit avoir baissé car je peux, à nouveau, commencer à réfléchir posément et, non plus, à réagir instinctivement. Je suis chez moi, bien au chaud, enfermée à double tour, à l'abri du monde extérieur. La menace a disparu. Je m'apaise.

Je pense à Latifa, sans doute profondément endormie, à quelques mètres de moi, dans la chambre d'amis. Elle ignore tout encore de mes agissements nocturnes. J'hésite à l'éveiller pour tout lui révéler. Mais, après tout, ne serait-il pas préférable que je me taise ? Elle pourrait imaginer, tout simplement, un incroyable coup de main du destin. Mais non, il faut que je lui raconte. Il faut qu'elle soit complice, que j'assure mes arrières, qu'elle me fournisse un alibi, au cas, peu probable, où... Après tout, elle me doit bien cela, maintenant.

Je ne comprends pas ce qui m'a prise. Aurais-je été envoûtée ? Jamais, je ne me serais imaginée capable d'accomplir de telles atrocités. Et pourtant !

Avec Latifa, dès notre première rencontre, tout s'est enchaîné anormalement. Comment ai-je pu, à trente-cinq balais, avec toute mon expérience, craquer pour elle comme une gamine ?

C'était, je m'en souviens, à l'occasion d'une distribution de préservatifs aux prostituées de la ville, dans le cadre d'une action contre le sida et les maladies sexuellement transmissibles. Elle était en vitrine, en petite tenue. J'avais été éblouie par sa beauté en l'apercevant. « Comment est-il possible qu'une telle fille vende son corps ? » m'étais-je demandé immédiatement. Troublée, je lui avais fait un petit signe, quelques capotes à la main. Elle avait dû percevoir mon émoi car elle avait souri et m'avait invitée à entrer la rejoindre. Lorsque je suis ressortie de son kot, près d'une heure plus tard, nous étions déjà presque amies ! Et dès lors, nos rencontres se sont multipliées.

Depuis, outre le récit de sa vie, Latifa, ma princesse, m'a raconté ses rêves et je lui ai raconté les miens. Et à défaut de pouvoir partager mon existence avec elle, nous partageons notre amitié. À la vie, à la mort !

Quand elle a débarqué, toute en sueur, seulement vêtue d'un training, il y a deux semaines, pour me demander refuge, je n'ai donc pas hésité une seconde, j'ai accepté instantanément, les bras ouverts, qu'elle s'installe chez moi, le temps qui lui serait nécessaire pour régler ses problèmes.

Ensuite, j'ai pété les plombs.

En fait, tout a déraillé il y a huit jours, après son bain.

Ce massage, qui avait commencé comme un jeu anodin, s'est prolongé, prolongé... pour se terminer finalement en une partie de jambes en l'air frénétique. J'avais tant attendu et espéré, sans trop y croire, ce moment d'amour unique, qu'après l'avoir connu, j'en ai été littéralement bouleversée. Après avoir repris ses esprits, Latifa s'est éclipsée, confuse, dans sa chambre, tout en s'excusant vaguement. Repue, je suis restée allongée sur notre lit de stupre à revivre ces instants inoubliables pendant lesquels ma déesse avait crié, gémi, joui dans mes bras !

C'est alors que j'ai pensé qu'il me fallait l'aider. Ce merveilleux cadeau qu'elle venait de m'offrir, et qui restera probablement unique — je ne rêve pas, je connais les penchants véritables de Latifa —, je me devais de le lui retourner d'une façon tout aussi marquante. Et c'est donc ce soir-là que je me suis promis de rendre visite à ce flic corrompu afin de le menacer de dévoiler ses activités louches à ses supérieurs s'il s'évertuait à retrouver Latifa.

9. Sébastien

Jeudi onze janvier 2018

Ce midi, à l'heure de l'apéro, nous nous apprêtions, mon épouse et moi, à quitter la villa pour nous rendre dans le meilleur resto italien de la ville, quand mon portable a sonné.

Alors que je jetais un œil rapide sur l'écran afin de voir qui tentait de me joindre, Hélène, sapée comme une reine en vue de notre sortie, m'a enjoint de ne pas répondre.

— Ne décroche pas, m'a-t-elle dit, passablement agacée. Je suis certaine que c'est encore ton foutu commissariat. Les crétins, ils ne réussissent décidément pas à se passer de toi deux jours de suite. On a encore besoin du commissaire pour un problème, insoluble, de chien écrasé.

— Oui, c'est bien eux, lui ai-je dit, le sourire aux lèvres, après avoir reconnu le numéro affiché à l'écran. Tu sais que tu es particulièrement craquante dans ta robe de satin, ai-je ajouté pour qu'elle se détende. Antonio sera encore tout excité, tantôt, quand il passera prendre la commande.

Flattée, Hélène s'est décrispée, m'a lancé un regard langoureux et, du bout des lèvres, a envoyé un baiser voler vers moi.

« Cinquante balais et toujours au top. Décidément, l'âge n'a pas de prise sur elle », ai-je pensé en répondant.

— Commissaire Blanc, y'a un fameux problème, m'a dit Blanchard, d'une voix blanche.

— Accouche, lui ai-je répondu, je suis pressé.

— C'est Renard, commissaire, m'a-t-il dit. Sa femme de ménage vient de nous appeler. Elle l'a retrouvé dans son living. Il paraît qu'il est mort. D'après elle, il aurait été buté.

— Mais qu'est-ce que tu me racontes ? lui ai-je lancé, énervé. Mais qu'est-ce que vous attendez ? Putain, Blanchard, une patrouille devrait déjà être sur place !

— Ouais, commissaire, mais je préférais...

Je l'ai interrompu brusquement et je l'ai engueulé pour évacuer la pression qui montait en moi. Puis, je lui ai dit que j'arrivais.

Incrédule, Hélène, qui avait saisi toute la conversation, a balancé la tête, dépitée.

À ce moment, j'ai senti qu'elle bouillonnait intérieurement et je n'ai été nullement surpris qu'elle me lance, presque méprisante, cette phrase, pleine de sous-entendus :

— Dans ce cas, je vais manger seule !

« Merde, j'espère qu'Antonio ne va pas se la taper », ai-je pensé alors, avant de m'excuser vaguement et de m'éclipser à la hâte.

Un petit quart d'heure plus tard, après avoir traversé en trombe toute la ville, j'arrive à proximité de la villa de Renard en même temps que Blanchard et Gobert qui ont cru nécessaire d'effectuer le parcours, toutes sirènes hurlantes, avec la voiture de service.

« Bravo pour la discrétion », leur dis-je, exaspéré, tout en maugréant.

La soi-disant femme de ménage, une Afghane connue de nos services pour être en situation irrégulière, nous attend sur le pas de la porte. Elle me tient d'abord un discours confus que j'ai beaucoup de mal à comprendre mais, quand je lui demande si d'autres personnes sont au courant de l'accident, elle m'assure que non et me répète plusieurs fois : « Police, police, seulement police ». Cela me rassure un peu et, tandis que nous nous dirigeons vers le living, je lui demande alors de nous attendre dans la cuisine.

La première chose que je remarque, lorsque nous pénétrons tous les trois sur les lieux du crime, est l'uniforme et les chaussures de Renard qui traînent sur une chaise, dans un coin, près de la porte. Ensuite, mon attention est attirée par des restes de pizza et quelques canettes de bière qui jonchent la table. Enfin, j'aperçois son cadavre, tout au fond de la pièce, près de la télévision et du sofa.

« Seigneur, ils ne l'ont pas raté ! ».

Renard gît sur le dos, les bras écartés. Pour tout vêtement, il porte un slip rouge qui lui a été descendu à hauteur des chevilles. Une vilaine blessure de plusieurs centimètres lui entaille méchamment la bedaine et les parties génitales lui ont été sectionnées et fourrées dans la bouche. Ni trace d'effraction ni trace de lutte : il devait connaître son ou ses agresseurs et ne s'en méfiait manifestement pas !

Pris d'un subit haut-le-cœur, l'agent Gobert quitte précipitamment les lieux en hoquetant.

Alors, tandis que Blanchard, tétanisé, reste, incrédule, au fond de la pièce à le fixer, je m'approche de mon ancien agent, me baisse et, tout en prenant soin de ne pas souiller mes vêtements, je prends le temps de l'observer minutieusement. Peut-être n'est-ce qu'une idée, mais je crois déceler sur son visage une certaine expression de surprise mêlée à de l'incrédulité.

« Ah, Renard, je ne peux pas dire que je vais te regretter. Voilà où tes magouilles de bas quartier t'ont amené. Ton petit trafic de stupéfiants ne te suffisait plus ; il a fallu que tu passes à la vitesse supérieure, que tu t'attaches deux gonzesses et deviennes mac. D'abord la Marocaine et, à présent, l'Afghane. Tu vois le résultat : les couilles en bouche et refroidi pour toujours ! Et merde, je t'avais mis en garde, pourtant. On ne plaisante pas dans ce milieu. »

Pff ! Le plus horrible, dans cette fâcheuse histoire, est que, dorénavant, je me verrai privé de sa cotisation mensuelle — prix de mon silence —, qui nous arrangeait tant, Hélène et moi. Ah ! pauvre Hélène, qui sera obligée de restreindre ses dépenses et de se contenter, à nouveau, du traitement minable du pauvre commissaire que je suis.

— Hum.

Gobert, qui s'est approché, semble avoir repris du poil de la bête et tente d'attirer mon attention.

— J'appelle le laboratoire ? me demande-t-il.

— Espèce d'abruti, t'as envie de finir en taule ? Le lieutenant Renard est malheureusement décédé aujourd'hui, en son domicile, d'une crise cardiaque.

Incrédule, il me regarde d'un air éberlué, puis il me demande :

— Et le permis d'inhumer ?

— Appelle notre ami le docteur Galloy. Avec lui, cela devrait pouvoir s'arranger.

— Et la femme de ménage ? m'interroge-t-il, ensuite.

— T'inquiète, je m'en occupe, lui répliqué-je sèchement. Toi, commence donc le nettoyage.

Puis, sans plus attendre, je tourne les talons, le laisse sur place et me dirige vers la cuisine, à la rencontre de cet embarrassant témoin condamné, malgré lui, à devenir — oh ! comme je le regrette — dommage collatéral de cette triste affaire !

10. Laurent

Vendredi dix-neuf janvier 2018

Septante-neuvième jour.

Je l'observe : il dort paisiblement mais émet de légers râles en inspirant.

Depuis une semaine, papa ne s'alimente presque plus, sommeille beaucoup, a souvent, malgré les antidouleurs qui lui sont administrés, très mal à la tête et connaît de grosses difficultés respiratoires.

La fin approche !

Laurence, qui s'attendait pourtant au pire lors de l'arrivée de notre père ici et qui s'y était préparée, s'est, depuis lors, installée dans cette routine de visites à l'hôpital et la succession des jours lui a fait, peu à peu, reprendre espoir et croire en un possible miracle. Elle ne veut plus envisager la séparation, le départ. Il faudra que Manu et Axel soient solides à ses côtés pour la soutenir dans les moments pénibles qui l'attendent. Ah ! pauvre sœur, sur le point de perdre son laudateur inconditionnel.

Pour ma part, curieusement, les dernières semaines passées ici m'ont permis de me rapprocher de lui. Nous avons, enfin, réussi à nous entretenir sans haine, sans acrimonie. Consciemment ou pas, nous avons pu oublier nos rancœurs, rire ensemble, même.

Après son départ, je le sais, un goût de cendres me restera inévitablement en bouche, ainsi que cette question lancinante qui ne cessera de me tarauder : « Pourquoi ne nous supportions-nous pas, papa ? »

— Il dort ?

Laure, une infirmière de petite taille, aux cheveux gris, coupés courts, et, selon moi, à peu près du même âge que papa, vient m'interrompre dans ma rêverie.

— Oui, depuis une demi-heure.

— Je vais changer sa sonde, m'annonce-t-elle.

Aussitôt, je me lève et m'apprête à quitter la chambre.

— Oh ! mais vous pouvez rester, ajoute-t-elle, je n'en ai que pour deux ou trois minutes.

— Je vais me dégourdir un peu les jambes, j'en ai besoin, lui dis-je.

Elle sourit, compréhensive.

Alors, je la laisse et, tout en sortant, je pense que, décidément, si les anges existaient, ces femmes en feraient partie.

J'arpente le couloir deux à trois fois de suite puis pénètre dans le local où chante le canari. Cette pièce est, je l'ai appris très vite, destinée à tous ceux, malades ou visiteurs, qui désirent y passer un moment, quel qu'il soit. Lorsque j'y entre, une personne est présente, debout, près de la cage. Elle observe l'oiseau. Je ne lui prête nulle attention et me dirige vers la machine à café afin de me préparer un expresso. Je saisis machinalement une tasse, la glisse sous l'appareil, appuie sur le bouton correspondant au pictogramme « serré » et, tandis que les premières gouttes de café s'écoulent dans ma tasse, j'entends une voix féminine qui m'interpelle :

— Laurent, Laurent Masure. Non, mais je rêve. C'est bien toi, Laurent ?

Je suis foudroyé. Tout un pan de ma jeunesse ressurgit instantanément. Cette voix, que je désespérais d'encore entendre un jour, cette voix, que je reconnaîtrais entre mille, c'est celle de Sophie, Sophie Roisin !

Sous le choc, tétanisé, je balbutie, sans oser la regarder, quelques mots incompréhensibles à voix basse.

— Sophie ! Je... Quelle...

— Eh, remets-toi, mon joli.

J'ose enfin lever les yeux : elle est là, devant moi, sourire aux lèvres, telle que dans mes meilleurs souvenirs, avec, surtout, toujours cette même grâce, toujours ce même charme irrésistible.

— Sophie, où étais-tu disparue ? Je t'ai tellement cherchée.

Elle me regarde curieusement. Elle a l'air surpris.

— T'as pas l'air en grande forme, toi, tu sais ! me dit-elle. Ouais, mais c'est vrai que lorsque l'on a quelqu'un qui séjourne ici, ce n'est pas facile, ajoute-t-elle, après un bref moment de réflexion.

— Toi, Sophie, t'es vraiment superbe, lui réponds-je, du tac au tac.

Mes paroles sont sincères même si je me rends compte qu'elle est assez pâle et que ses traits sont tirés. Quelques cernes bleus jaillissent aussi sous ses yeux et quelques ridules, signe des années qui ont passé, émergent à la commissure de ses lèvres. Cependant, rien n'y fait. J'ai beau la détailler, pour moi, elle est toujours radieuse.

— Arrête ton char, Ben-Hur, les chevaux sont fatigués, me lance-t-elle, visiblement désarçonnée, mais heureuse du compliment.

Puis, elle éclate de rire. Un rire fort, bruyant, un rien forcé.

— Oh ! merde, ce n'est sûrement pas indiqué ici. Mais cela fait tellement de bien. Tellement de bien de rire ; tellement de bien de te revoir, malgré tout...

Je ne saisis pas son allusion et, toujours sous le choc de nos retrouvailles, plutôt que de l'interroger pour comprendre, je lui souris bêtement, sans un mot.

Alors, elle reprend :

— T'es là pour qui ?

— Mon père, mon père va mourir.

— Il n'est pas encore rassis, pourtant.

Je la retrouve telle que je l'ai connue, avec sa façon, parfois si particulière, de s'exprimer.

— Soixante-cinq ans.

— Ouais, c'est bien ce que je pensais.

Ensuite, après une courte pause et tout en me fixant, elle ajoute, sans un soupçon de commisération dans la voix :

— Ton vieux, contrairement à toi, je ne vais pas le regretter, tu sais.

Je n'ai ni le temps d'analyser ses propos sibyllins ni celui de réagir, car Laure, l'infirmière, vient de surgir sur le pas de la porte pour m'annoncer que le docteur est dans la chambre de papa et qu'il voudrait me parler.

« Le docteur pour me parler à propos de papa ! Vite, il n'y a pas une seconde à perdre. Le rencontrer avant qu'il ne s'en aille, lui demander... »

Sans plus attendre, je me retourne pour suivre l'infirmière mais, avant de quitter la pièce, j'ai tout de même la présence d'esprit de lancer à Sophie :

— Sophie, on se revoit demain, sans faute. On a tant de choses à se dire. Oh ! Sophie, si tu savais comme tu m'as manqué.

— Ouais, ouais, moins qu'à moi sans doute, répond-elle, d'un ton agacé.

Et alors que je suis déjà dans le couloir, le cerveau en ébullition, je l'entends encore ajouter :

— Toi et les rendez-vous manqués, on connaît !

11. <u>Sophie</u>

Lundi trente et un mars 1997

— Tu ne vas pas me dire que tu as couché avec lui ?

— Man, j'ai dix-sept ans quand même, tu l'oublies ?

— Mais Sophie, il a quatre ans et demi de plus que toi.

— Quelle importance, on s'aime, c'est l'essentiel, non ?

— Ouais, ben surtout pas un mot de tout cela à ton père, il en deviendrait malade. Sa fille unique qui fait l'amour avec le fils de son patron, un despote infini, il ne le supporterait pas. Et puis vous vous protégez au moins ?

— Pff, t'es lourde, tu sais, là, maman. Allez, je file. À ce soir.

— Ouais, c'est ça, à ce soir. Mademoiselle n'a pas une minute à consacrer à sa chère mère, mademoiselle a rendez-vous avec son Don Juan.

— Salut man !

Décidément, pas moyen de prendre son petit-déjeuner à l'aise dans cette bicoque. Les interrogatoires matinaux, maman connaît. Mais, bon, je ne peux pas lui en vouloir. Au fond, je la comprends, c'est sûr qu'elle n'a pas envie que sa fille unique se retrouve en cloque avant la fin de ses études.

Ouah ! quelle matinée superbe. Sentir la caresse du soleil printanier sur la peau : quel délice. Ah ! il n'y a pas de doute, les vacances de Pâques commencent bien.

Allons, quelle heure est-il ? Dix heures trente. Pas de problème. Un petit quart d'heure de marche et j'arrive à la brasserie. Bien à temps. J'espère qu'il remarquera que je porte ma petite robe fuchsia, et non mon jean habituel. Cette robe, il l'adore, il la trouve sexy. Cela l'excite. Maman, elle, trouve qu'elle me donne un petit air de pute. Comme quoi, les goûts et les couleurs...

Quatre mois, trois semaines et deux jours ! Quatre mois, trois semaines et deux jours que lui et moi, on est en couple. À la vie, à la mort !

Au départ, quand il m'a demandé de sortir avec lui, j'ai cru à une blague, genre pari entre potes. Mais non, il était sérieux. C'est un garçon très sérieux.

Lors de nos premières rencontres, il était bien plus intimidé que moi. Et comme, après plusieurs semaines, hormis quelques doux bisous, il ne se passait toujours rien, j'ai dû prendre les choses en main. Enfin, en main, si l'on peut dire !

Depuis, il m'a avoué que je suis la première fille avec laquelle il a couché et il m'assure que je serai la dernière.

Vu sa maladresse lors de nos premiers rapports, je le crois quand il me dit que j'étais la première. Mais la dernière ? Je croise les doigts pour qu'il en soit ainsi. Je l'adore.

Maintenant, il a décidé de me présenter à ses parents. Il veut que je les accompagne en vacances dans le sud de la France au mois d'août. Ses vieux y louent chaque année une villa près de la mer et, comme sa sœur jumelle peut y emmener son petit copain cette année, il ne voit pas pourquoi il n'en serait pas de même pour lui. Bon Dieu, j'imagine déjà la tête de mes géniteurs. Leur fille qui ne les accompagne pas à Berck cette année mais qui descend sur la Côte d'Azur !

— Mademoiselle ?

— Un coca.

— C'est parti.

Je nous ai déniché la dernière table encore disponible dehors. La dernière table disponible et cela avant onze heures ! C'est tout de même incroyable comme les gens adorent s'installer en terrasse, de nos jours, dès qu'un rayon de soleil pointe le bout du nez. Et ça papote, et ça papote !

Tout le monde semble joyeux, de bonne humeur. Je suis joyeuse, de bonne humeur.

— Vous reprenez quelque chose ?
— Euh, ouais, un autre coca.
— C'est parti.

Merde, qu'est-ce qu'il fout ? Ah ! si seulement mes vieux acceptaient de m'offrir un GSM, ce serait plus simple, non ? Au moins, s'il a eu un empêchement, il aurait pu me prévenir. Faut évoluer avec son temps quand même. Marre d'être la seule à vivre comme une arriérée. Pff, je m'en vais bientôt les plaquer. Zut ! quand il arrivera, les cocas, il va me les rembourser, c'est sûr !

Et voilà le temps qui se couvre, à présent. Manquerait plus qu'il se mette à pleuvoir.

Purée, mais c'est son père là, qui se gare à l'autre bout de la rue. Et sur un emplacement réservé aux handicapés, évidemment ! Ah ! les ancêtres et leur manque de civilité.

Mais qu'est-ce qu'il branle ? Il se dirige tout droit vers la brasserie. Il m'a vue, il me fait signe de la main. Oh ! ce n'est pas normal, ça. Seigneur, pourvu qu'il ne soit rien arrivé à Laurent...

Ah ! l'enfoiré, le fils de pute.
C'était bien son père.
Pour m'annoncer que son fils Laurent est parti, ce matin même, à Londres pour trois mois afin de perfectionner son anglais...
C'était bien son père.
Pour m'annoncer que son fils Laurent ne me fréquentera plus dorénavant et que ce foutu voyage d'études était d'ailleurs prévu depuis longtemps...

C'était bien son père.

Pour me souhaiter une vie future pleine de belles choses et de rencontres enrichissantes...

C'était bien son père.

Son connard de père !

Laurent, je te déteste. T'as même pas été capable de m'avouer, en face, que t'en as rien à foutre de moi.

Ce coup bas, jamais je ne pourrai te le pardonner.

12. Laurent

Un peu plus de midi et papa vient de mourir. Enfin.

Hier, quand il m'a parlé, le docteur m'a fait part de la dégradation irréversible de l'état de santé de mon père — m'imaginait-il donc aveugle — mais comme, estimait-il alors, celui-ci ne souffrait pas, il m'a dit qu'il préférait patienter encore.

« La barbarie n'a donc pas de limites », ai-je pensé à ce moment précis.

Heureusement, aujourd'hui les événements se sont enchaînés. Très vite.

Après une nuit particulièrement pénible pour papa, le responsable du personnel soignant s'est décidé ce matin à contacter le médecin par téléphone et il a fortement insisté auprès de celui-ci pour qu'il revoie sa position. Et finalement, après bien des palabres, le tout-puissant a cédé et il a accepté qu'une pompe à morphine soit posée au bras de papa.

Il était temps !

Alors, dès notre arrivée, Luc, l'un des infirmiers de service, s'est chargé délicatement et sobrement de l'opération.

Et moins d'une heure plus tard, tandis que Laurence, Manuel, Axel et moi étions à ses côtés, après un dernier sursaut, il a rendu les armes.

Dans nos vies futures, aucun de nous quatre ne pourra jamais oublier, j'en suis certain, ce moment pénible et émouvant durant lequel, curieusement, Luc, pourtant habitué aux décès, a paru tout aussi ébranlé que nous.

Nous nous recueillons maintenant devant la dépouille de papa et nous nous apprêtons à rassembler ses affaires et à quitter définitivement cette chambre dans laquelle Laurence et moi avons passé tellement d'heures en sa compagnie ces dernières semaines, ces derniers quatre-vingts jours.

Chacun est secoué. Je suis secoué. Nous voici, Laurence et moi, et même si nous avons pourtant déjà plus de quarante ans, orphelins.

Alors que nous remercions le personnel présent pour son dévouement, mon filleul Axel inscrit quelques mots dans le registre placé sur une armoire dans le local où Sophie et moi nous sommes retrouvés hier.

Je veux y déceler un signe du destin : une séparation douloureuse qui engendre des retrouvailles heureuses.

Je me promets de la recontacter, d'une manière ou d'une autre, aussitôt les funérailles passées. À son contact, j'ai perçu que la passion, brève mais intense, qui nous avait réunis, alors que nous étions encore si jeunes, pouvait renaître de ses cendres.

Ah ! je divague sûrement en ces heures délicates mais, quoi qu'il en soit, je veux tenter ma chance, si infime soit-elle, de la reconquérir. Mais est-elle seulement libre ? Peu importe, je le suis, et elle pourrait l'être ! Et de toute manière, je veux connaître enfin la raison pour laquelle elle m'a quitté si brusquement à l'époque.

Dehors, le temps s'est mis au diapason de notre état d'esprit : gris et pluvieux.

Nous quittons la ville et roulons sur le ring extérieur en route vers le domicile de Laurence. Derrière moi, le véhicule de Manuel.

Dans le rétroviseur, j'aperçois Axel, assis à côté de son père. J'envie parfois ces deux-là qui s'entendent à merveille.

Une telle relation entre un père et un fils vous donne forcément envie d'enfanter.

Laurence, elle, a tenu à m'accompagner. Elle reste silencieuse, le visage tiré et fermé. Je me rends compte, pour la première fois, que quelques filaments argentés parsèment sa chevelure et que de légères rides lui tapissent le front. Cette année, nous fêterons notre quarante-troisième anniversaire. Comment le temps a-t-il donc pu passer si vite ?

— Tu te souviens de Sophie ? lui dis-je soudain.

— Sophie. Attends ! Sophie Roisin ? répond-elle tout en tournant la tête dans ma direction.

— Oui. Eh bien, figure-toi que je l'ai rencontrée hier aux soins palliatifs.

— Je me souviens vaguement de sa mère mais pas du tout de son père, me dit-elle. Qui est hospitalisé ?

— Je n'ai pas eu le temps de lui poser la question, dois-je lui avouer, un peu embarrassé.

— T'en étais follement épris, hein, frérot ?

— Ouais, et je n'ai jamais compris pour quelle raison elle ne m'a plus donné signe de vie après mon départ pour Londres. Encore une idée farfelue de notre père, d'ailleurs, cet exil précipité. Enfin, heureusement que t'étais là pour lui remettre ma lettre... Tu t'en souviens ? Mais, au bout du compte, quel cauchemar pour moi puisqu'elle ne m'a jamais répondu. Merde, quand j'y repense, trois mois, ce n'était tout de même pas insurmontable. Et cerise sur le gâteau, lors de mon retour, elle avait disparu de la circulation. Envolée, ma belle ! Crénom, j'en avais fameusement souffert, tu sais, à l'époque.

Ma sœur ne pipe mot. Tout en me concentrant sur la route, je sens alors, sans même la regarder, le malaise s'immiscer en elle.

— Qu'est-ce qui se passe Lolo, t'as un truc à me dire ? lui demandé-je, intrigué.

— Oui, c'est à propos de la lettre, je dois t'avouer quelque chose... mais tu dois d'abord me promettre de rester calme, me répond-elle.

C'est à ce moment que je manque d'emboutir le camion qui freine devant moi !

13. Laurence

Dimanche trente mars 1997

Alors que je suis à moitié nue et que je m'apprête à me brosser les dents avant de me coucher, Laurent, remonté, déboule près de moi dans la salle de bains.

— Il ne m'aime pas, il ne m'a jamais aimé, cet enfoiré, me dit-il. Il ne supporte tout simplement pas que je puisse être heureux. Tout ce qu'il souhaite, c'est de m'éloigner d'elle dans l'espoir qu'elle m'oublie. Suis-je responsable, moi, si sa relation avec maman part à vau-l'eau. Un dictateur, il n'est rien d'autre qu'un dictateur.

Après avoir repris son souffle, il ajoute :

— Et puis, zut ! Je ne pars pas. Je suis majeur, après tout.

— Ne raconte pas de bêtises, frérot, lui dis-je, pour essayer de le calmer, tout en enfilant un tee-shirt. Tout cela n'a rien à voir avec Sophie. C'était tout de même prévu que tu effectues un stage à Londres, non ? Évidemment, le tempo n'est pas idéal, tout cela est un peu précipité, mais, tu sais, les bonnes places sont chères là-bas, et avec cette défection de dernière minute, pour papa, c'était l'occasion ou jamais à saisir.

— Ouais, mais n'empêche, me réserver un vol dès demain matin, c'est un peu gros, non ? Purée, et si Sophie ne vivait pas comme au Moyen-Âge, je pourrais l'appeler au moins.

— Arrête, elle comprendra. Et puis t'as qu'à lui écrire. Si tu veux, comme je suis libre demain, j'irai même lui remettre ta lettre sur votre lieu de rendez-vous. Ouais, tu lui rédiges un truc bien romantique, comme plus personne n'en compose de nos jours. Tu imagines le coup au cœur. Moi, j'adorerais que Manuel m'écrive plutôt que de m'envoyer des textos.

Laurent se calme enfin. Je crois que ma proposition le séduit. Plongé dans ses pensées, il reste immobile quelques instants puis, soudainement, il se jette sur moi, me prend dans ses bras et me serre tellement fort qu'il m'écrase méchamment la poitrine. Ensuite, après avoir desserré quelque peu son étreinte, il m'embrasse plusieurs fois sur les joues et me demande :

— T'es géniale. Et tu ferais vraiment cela pour moi ? Tu irais lui donner l'enveloppe, demain matin ?

— Je te jure, lui dis-je, gaiement.

Mon frère, quel gamin, parfois !

14. Philippe

Comment est-il possible d'avoir un fils si benêt ? Tout à fait sa mère, celui-là. À l'opposé de Laurence. Comme quoi, les jumeaux ! Non mais, pour un peu il serait bien resté à la maison au risque d'hypothéquer la suite de ses études. Tout son avenir, en sorte. Je rêve, ou quoi ? Petit inconscient, va. Et cela pour une petite gamine, mignonne certes, mais tout de même pas la septième merveille du monde et, surtout, pas à son niveau, il faut en convenir. Qu'il batifole avec elle, qu'il découvre en sa compagnie les joies du sexe, d'accord, mais qu'il envisage l'avenir en sa compagnie... Non et non ! De plus, il faudrait l'emmener durant l'été à Saint-Raphaël sous prétexte que sa sœur y emmène son fiancé : insensé ! On ne va quand même pas comparer Manuel et Sophie !

Ah ! pourquoi faut-il que je doive intervenir à tout bout de champ pour lui éviter de faire des conneries ? Vraiment, j'espère qu'un jour, il réalisera et me sera reconnaissant de l'aide que je lui aurai apportée !

Je suis rentré à la maison depuis un petit quart d'heure. Il était temps car la circulation s'intensifiait dangereusement. Dieu, que ces embouteillages matinaux peuvent être pénibles. Enfin, la récompense est au bout : Laurent envolé, le problème est réglé.

Pas un seul nuage à l'horizon. Chic, la journée sera belle aujourd'hui, je devrais peut-être en profiter pour ralentir le tempo... Oui, il faut décidément pouvoir s'arrêter, profiter des petites choses, des beaux moments qui nous sont offerts.

Admirez-moi ce plateau que vient de me préparer ma moitié : quelques toasts, un peu de beurre, un rien de confiture, un yoghourt, un jus de fruit, un bol de café bien serré à l'arôme incomparable qui vous remonte lentement dans les narines et vous transporte de joie... Magnifique. Tout bonnement magnifique.

Ah ! vraiment, il y a bien longtemps que je n'avais plus profité d'un tel petit-déjeuner.

Françoise, je t'aime, tu es un amour... de femme au foyer.

Tiens, voilà Laurence. Et déjà habillée de surcroît. Étonnant puisqu'elle est en congé aujourd'hui !

— Déjà levée, ma chérie. Ton frère a décollé à l'heure, sais-tu.

— Bonjour papa, me répond-elle, sans oublier de me faire la bise.

— Tu veux un café ?

— Oui, mais en vitesse, j'ai rendez-vous en ville à onze heures.

Curieux, je lève la tête et lui demande en plaisantant :

— Tu n'as pas idée de tromper Manuel, tout de même ?

— Tu sais que je te ressemble, mon papa d'amour, me répond-elle, narquoise. Jamais, au grand jamais, je ne songerais à tromper ma moitié.

« Bel esprit de repartie, me dis-je. La fille de son père, quoi ! »

Puis elle reprend, d'un ton badin :

— Figure-toi, mon toujours beau papa — malgré ton petit bide et ta quarantaine bien sonnée —, que je joue Cupidon, ce matin. Je suis messagère, messagère d'amour.

Je me cabre, mais tâche de ne rien laisser paraître de mon émoi, et je lui demande :

— Un message pour Sophie ?

— Une belle lettre d'amour de Laurent pour qu'elle ne l'oublie pas, me répond-elle.

— Comme c'est mignon, dis-je, tout en tâchant de garder mon calme. Puis j'ajoute :

— Je dois passer à la banque, ce matin, tu veux que je la lui porte ?

Devant son air indécis, je comprends alors qu'il faut que je lui assène un argument face auquel elle ne pourra que s'incliner, et je lui dis :

— Cela t'évitera deux fois dix kilomètres à bicyclette.

— Tu ferais vraiment cela pour moi, papounet ? me demande-t-elle, d'une voix de petite fille...

15. <u>Sophie</u>

Dimanche vingt et un janvier 2018

Laurent, mon Laurent,

Hier, j'ai passé la journée à t'attendre ; hier, j'ai passé la journée à me retracer les moments délicieux vécus avec toi.

Souviens-toi comme nous étions jeunes, souviens-toi comme nous étions insouciants, souviens-toi comme nous étions heureux. Un avenir radieux nous tendait les bras.

Je me suis rappelé tes baisers, tes caresses, ton souffle chaud sur ma peau. Je me suis rappelé nos rires, nos joies, nos emportements. Je me suis rappelé nos projets d'avenir, la vie future, telle que nous l'imaginions, telle que nous la traverserions ensemble.

Je me suis rappelé et j'ai pleuré.

J'ai pleuré car, sans un mot, sans un dernier regard, un jour, tu m'as laissée.

Pendant trois mois, le cœur dévasté, chaque jour, chaque minute, chaque seconde, j'ai attendu un signal, j'ai espéré un signe. Pendant trois mois, le cœur broyé, je suis passée, tremblante et remplie d'espoir, chaque matin devant la maison de tes parents, ta maison.

Peine perdue.

Ensuite, contrainte et forcée, j'ai quitté la région avec mes parents. Mais malgré ce déménagement, longtemps j'ai imaginé que tu me reviendrais, qu'un beau matin tu surgirais du néant, que tout, alors, recommencerait.

Hélas, tu n'es pas réapparu.

Et le temps a passé...

Je t'épargnerai le compte rendu des années qui ont suivi. Il y a eu des hauts et des bas. Beaucoup de bas !

Puis, un jour, j'ai rencontré celui qui, patiemment, allait me sortir de ma désolation et, sans véritable passion, je l'ai épousé. Mais jamais, au grand jamais, je n'ai pu t'oublier. Comment aurais-je pu oublier un tel amour ?

Et soudain, hier, au plus profond de ma détresse nouvelle, une illumination, car te revoilà près de moi.

Aussitôt, en un instant, tout m'est revenu, tout a ressurgi. En un instant, je me suis retrouvée projetée pas loin de vingt ans en arrière.

J'ai cru y déceler un signe du destin : tu allais pouvoir te joindre à nous et m'accompagner...

Mais finalement, comme je le pressentais, tu n'es pas venu.

Et finalement, une nouvelle fois, une dernière fois, ton père s'est interposé entre nous.

Ah ! si tu pouvais pourtant imaginer comme j'aurais adoré que tu m'escortes demain, sur mon dernier chemin.

Laurent, mon Laurent...

Je voudrais encore et encore continuer à t'abreuver de mes paroles mais, décidément, les forces me manquent.

Adieu.
Sophie.
Ta Sophie.

16. Maxime

Lundi vingt-deux janvier 2018

Avant le cataclysme, tout semblait pourtant devoir s'arranger !

Dix jours après notre rencontre à la brasserie, Latifa était rentrée.

— Si tu veux toujours de moi, l'aventure peut continuer, m'avait-elle dit, simplement. Y'a plus rien à craindre maintenant.

— Et les flics ? lui avais-je demandé, surpris.

— Tu n'es pas au courant ? avait-elle répondu. Tu n'as pas entendu parler de cet inspecteur mort chez lui, à juste quarante berges, d'une crise cardiaque ? La presse locale s'en est abondamment fait l'écho, pourtant.

À vrai dire, si j'avais bien entendu des potes au bahut causer de la mort de ce flic, je n'y avais pas vraiment prêté attention.

— C'était Renard ? C'était lui ? lui avais-je dit, soulagé. Putain, les miracles existent, alors !

— Oui, si tu vois cela comme ça, m'avait-elle répondu. C'est peut-être un ange qui est intervenu, avait-elle ajouté, bizarrement.

— Mais t'es libre comme l'air, maintenant, lui avais-je dit, joyeux.

Elle avait souri, tendrement, puis elle s'était approchée nonchalamment et elle s'était arrêtée à quelques millimètres seulement de moi, de manière à ce que nos corps s'effleurent. Ensuite, elle avait fermé les yeux et elle avait attendu.

Son souffle chaud et sucré sur mon visage, le léger contact de ses seins pointant sur mon buste au rythme de sa respiration, l'odeur mielleuse et irrésistible de son corps ambré... Je l'avais enlacée... Je l'avais aimée... J'avais oublié...

Cependant, ce passé qu'elle trimballe n'est pas toujours facile à gérer. Aussi, au cours d'une visite à l'hôpital, il a fallu que je me lâche, que je me confie. Alors, j'ai tout raconté à maman.

Malgré ses soucis de santé, malgré sa fatigue, elle m'a écouté patiemment, tendrement, comme elle avait toujours su le faire auparavant. Curieusement, elle n'a pas paru choquée par mon récit et elle m'a conseillé d'être à l'écoute de mes sentiments.

« Si tu sens ton cœur chavirer pour elle, quoi qu'il ait pu se passer, quoi qu'elle ait pu faire auparavant, ne la laisse pas. Tu sais Ludo, il y a certaines erreurs à ne pas commettre dans l'existence », m'a-t-elle dit aussi.

Puis, le lendemain, lorsque je suis retourné la visiter, accompagné de Latifa, elle nous a accueillis les bras ouverts et nous a serrés, tous deux, tendrement, dans ses bras. Comme seule une mère sait le faire, quoi !

Pour le fric, ce n'est pas la gloire. Nos seules rentrées sont les indemnités de maladie reçues de la mutuelle par maman. Comme elles ne suffisent déjà pas à couvrir les frais médicaux et que les factures habituelles continuent à tomber, les économies s'envolent.

Latifa se sent coupable de vivre aux crochets de maman et de ne pouvoir l'aider. Elle enrage de n'avoir pu emporter le pactole qu'elle s'était constitué en cachette quand elle travaillait pour Renard. À présent, elle cherche un boulot.

Pour tenter de sortir de cette impasse, j'ai ravalé ma fierté et contacté Rémi pour lui demander si, grâce à ses nombreux contacts, il n'avait rien pour elle. Il m'a promis d'essayer de nous sortir de ce mauvais pas, en souvenir des merveilleuses années passées ensemble. Merveilleuses années : tu parles !

Pour ma part, je voudrais devenir serveur le week-end au cocktail bar, situé sur la grand-place, mais maman refuse obstinément. Passe ton bac d'abord, et ensuite nous aviserons, a-t-elle dit. Il est hors de question que tu échoues une deuxième fois, tu m'entends.

Mais, il y a quatre jours, tout cela est passé au second plan !

Ce matin-là, au téléphone, maman avait insisté pour que Latifa m'accompagne à l'hôpital et durant tout le parcours effectué, comme d'habitude, avec le bus, nous nous étions interrogés sur la raison de sa demande. Serrés l'un contre l'autre sur un strapontin étroit, main dans la main, nous n'avions cessé de nous réconforter. Nous espérions de bonnes nouvelles, évidemment, mais redoutions aussi, hélas, une catastrophe.

Lors de notre entrée dans sa chambre, alors que nous étions loin d'être rassurés, maman nous a accueillis, comme de coutume, avec le sourire, mais, pour la première fois depuis longtemps, j'ai pris le temps à ce moment-là de l'observer et j'ai remarqué comme elle avait maigri ces dernières semaines et comme elle semblait faible avec ces profonds cernes bleus qui lui ravageaient le visage.

Aussitôt ce triste constat effectué, j'ai été saisi d'une angoisse incontrôlable et j'ai senti mon cœur s'emballer. Pour tenter de surmonter mon affolement, je me suis mis alors à parler de façon ininterrompue de tout et de rien. Mais surtout de rien !

En fait, je voulais, je crois, par-dessus tout, éviter que maman en vienne à l'essentiel, et que j'aie à entendre cet essentiel. Mais soudain, maman m'a interrompu sans ménagement et nous a dit :

— Je quitte le CHM demain matin.

À peine avait-elle prononcé ces quelques mots que la chape de plomb, qui posait sur mes épaules depuis son coup de fil, s'est envolée mais maman, qui venait de se rendre compte de mon interprétation erronée de ses paroles, s'est empressée d'ajouter :

— Je quitte le CHM demain pour rejoindre le centre de soins palliatifs de Roulers, à une bonne vingtaine de kilomètres d'ici. Une place s'y est libérée et, si tout se passe comme prévu, je pourrai m'y endormir tranquillement dans quelques jours.

Puis, elle s'est tue et un long silence a suivi...

Quand, enfin, j'ai réalisé la portée de ses paroles, hors de moi, je lui ai crié :

— Tu n'as pas le droit, maman. Tu n'as pas le droit. Tu dois guérir, tu m'entends !

Elle est restée sans réaction, se contentant de me regarder avec un sourire triste et figé. Désemparé par son apathie, j'ai cherché un soutien auprès de Latifa, assise face à moi, de l'autre côté du lit.

— Dis-lui, toi. Dis-lui qu'elle doit vivre ! l'ai-je suppliée.

Pour toute réponse, elle a baissé la tête et a fondu en larmes.

Alors, mon univers s'est écroulé !

Et aujourd'hui, dans quelques heures, je serai orphelin.

17. Laurent

Samedi vingt-sept janvier 2018

Sa lettre m'a brisé le cœur.

Un immense gâchis, notre histoire fut un immense gâchis. Irréparable !

Sophie a été euthanasiée lundi dernier et j'assiste ce matin, complètement dévasté, à ses funérailles.

Laurence, assise à mes côtés, qui a déjà tellement pleuré papa, verse maintenant les dernières larmes qui lui restent. Depuis sa confession, un incontestable sentiment de culpabilité à mon égard l'habite.

Tant bien que mal, j'ai tenté de la conforter. Je suis, c'est évident, l'unique responsable de l'échec de mon histoire avec Sophie. Moi, avec ma lâcheté ; moi, avec ma couardise ; moi, avec ma bassesse.

Évidemment, on ne refait pas l'histoire et les regrets sont toujours inutiles, mais cette question me taraudera cependant longtemps, je le sais : pourquoi donc n'ai-je pas eu le courage et la force de tenir tête à papa ? Nul ne sait aujourd'hui ce qu'il serait advenu de notre couple, mais, telle qu'elle se présentait, notre aventure aurait mérité d'être vécue. Pleinement ! Pardonne-moi Sophie, ma Sophie, de ne pas avoir été à ta hauteur.

La célébration touche à sa fin. La crémation approche. Le maître de cérémonie cède la parole aux proches de Sophie. Il appelle un certain Maxime.

Un jeune homme élancé, assis au premier rang, se lève et s'approche du pupitre posé sur l'estrade. Il est vêtu d'une veste de laine bleu marine, d'une chemise blanche à col ouvert, d'un jean gris et de baskets blanches. Il a les cheveux noirs, coupés courts, le visage émacié et il porte une paire de lunettes aux montures fines. Avant de commencer son éloge, il lève la tête et prend le temps d'observer l'assistance.

Aussitôt, je me tourne vers Laurence. Elle a l'air tout aussi abasourdi que moi. Elle tourne la tête tantôt vers lui, tantôt vers moi ; tantôt vers lui, tantôt vers moi !

— Maman... commence-t-il alors, tandis que je suis incapable de détacher mon regard de ses yeux pers.

Des yeux pers, si caractéristiques, qu'ils me renvoient à ceux de papa, qu'ils me renvoient aux miens !

18. Maxime

Vendredi six juillet 2018

Je l'ai obtenu. Coup de bol ou pas, mais je l'ai obtenu.

Ah ! jamais, au grand jamais, je n'aurais imaginé que la vision de mon nom, affiché sur le tableau des résultats du lycée, aurait pu me combler à ce point.

À mes côtés, autant de visages radieux que de mines renfrognées ! Sans tarder, je m'extirpe de la cohue naissante et me fraie un passage vers l'abri où j'ai rangé mon scooter. Tout en marchant d'un pas léger sur le trottoir longeant les murs de la boîte, je saisis mon portable et compose le numéro de Latifa. Elle décroche aussitôt :

— Devine ! lui dis-je.

— Je suis fière de toi, me répond-elle.

— Mais comment tu peux savoir ?

— Si tu avais raté, m'aurais-tu vraiment demandé de deviner ?

« Cette fille a un esprit de repartie sidérant », pensé-je à cet instant. Puis, réjoui, je lui dis :

— Je t'adore.

— Faut fêter cela dignement. Tu rentres à Mouscron ou je te rejoins à Tourcoing ? me demande-t-elle.

— Réserve pour ce soir chez Antonio. Maman adorait ce resto italien.

— OK, à tout de suite, amour.

Nous n'en dirons pas plus à propos de maman. À quoi bon ? Mais, ce bac, je suis tout de même vachement heureux, pour elle, de l'avoir obtenu. Je lui devais bien cela, non ?

Je mets mon casque, enfourche mon engin, démarre et me faufile prudemment entre les voitures bloquées dans les sempiternels embouteillages. Le contact de l'air chaud sur ma peau me réjouit. Je me sens bien, heureux de vivre et, tout en circulant, je laisse mes pensées vagabonder.

Inouï, voilà déjà près de six mois que nous avons déposé l'urne contenant les cendres de maman sur le buffet de notre salle de séjour. Elle souhaitait qu'elles soient répandues en haute mer. J'ai contacté une société de pompes funèbres qui organise la dispersion. Elle fera partie du prochain voyage. Rémi en supportera les frais.

À vrai dire, ce mec est incroyable, pendant les quinze années qu'il a été mon beau-père, à force d'entendre maman s'en plaindre, je l'avais toujours considéré comme un bon à rien. Zéro sur toute la ligne ! Rémi a toujours été un homme bienveillant qui, par amour, a supporté, à longueur d'années, sans broncher, les rancœurs et les acrimonies de son épouse et qui m'a élevé comme son propre fils. Et le jour où il a quitté la maison, il ne s'était pas barré, comme maman s'était plu à me le faire croire à l'époque, mais il avait été viré comme un malpropre. C'est à Latifa qu'il s'est confié. Au boulot ! Car oui, il a tenu parole : il lui a trouvé un travail. Il l'a engagée comme vendeuse dans sa librairie et, quand je vois le fric qu'elle palpe chaque mois, je crois bien qu'il la surpaie.

À mon tour, à présent, de dénicher un job. Pas question que je continue à vivre aux crochets de Latifa, même si, de son côté, elle n'y voit aucune objection. Cette nana est un amour. Aujourd'hui j'ai réussi, je crois, à occulter totalement de mon esprit les épisodes scabreux de son histoire.

Pour sa part, elle a tourné la page et ne fréquente plus aucun visage de sa vie antérieure, hormis son amie Mathilde, évidemment. Mathilde, l'éducatrice chez qui elle était allée se réfugier lors de l'irruption des poulets ! Ces deux-là, allez savoir pourquoi, sont littéralement scotchées l'une à l'autre.

Je serais d'ailleurs prêt à parier qu'elle nous accompagnera au restaurant ce soir. Pour un peu, j'en deviendrais jaloux.

Quand j'y pense, une visite inopinée nous a, tout de même, replongés, quelque peu, dans ce passé nauséabond.

C'était début juin. Un flic s'est présenté un matin à la maison pour poser quelques questions à Latifa au sujet d'une jeune Afghane, dont le corps décomposé et lesté avait été retrouvé quelques jours plus tôt dans l'Escaut, à hauteur de Tournai, lors d'une opération de dragage. En fait, cette malheureuse avait été colocataire, pendant quelques semaines, du studio occupé par Latifa pour pratiquer ses petits tripotages. Par bonheur, le commissaire chargé de l'enquête — un certain Sébastien Blanc — semblait surtout soucieux de boucler l'affaire au plus tôt et il s'était contenté de quelques questions banales avant de nous remercier.

Je ralentis au passage de la frontière. Aucun contrôle, évidemment !

Je repense aussi à Laurent, cet homme qui, lors des condoléances après la cérémonie, m'avait demandé, en me serrant la main, à me parler en aparté. J'avais trouvé cela déplacé en de pareilles circonstances mais, curieux, j'avais tout de même décidé de lui accorder deux minutes. Avant de quitter les lieux, j'avais donc prié Latifa de patienter un instant et je l'avais rejoint, quelque peu à l'écart.

Tout de go, des trémolos dans la voix, il m'avait stupéfié en prétendant être mon père biologique. Sans me laisser le temps de récupérer du choc et de lui répondre quoi que ce soit, il m'avait alors estomaqué, un peu plus encore, en commençant à me décrire, avec force détails, une histoire d'amour de jeunesse invraisemblable entre maman et lui.

Hébété, pas certain du tout, en fait, de bien saisir le sens exact de ses paroles, je cherchais, vainement, quelque chose à lui répliquer pour l'interrompre dans son délire, quand Latifa avait surgi brusquement derrière nous.

— Tu en as encore pour longtemps ? m'avait-elle demandé.

Irrité d'être interrompu de cette manière, l'homme s'était retourné nerveusement mais, à la vue de Latifa, il était resté figé.

— Qu'est-ce que vous lui voulez à mon mec, lui avait dit Latifa, sans se démonter, bien qu'elle semblât tout aussi ébranlée que lui.

Comme le type ne réagissait pas, elle avait ajouté, d'une voix forte :

— Le passé est le passé. Maxime n'a rien à voir avec mes histoires. Décampez !

Le prénommé Laurent avait balbutié quelques mots puis, après s'être vaguement excusé, il s'était éclipsé.

— Non mais, ces tordus, ils ne vont quand même pas me pourrir toute la vie, m'avait-elle dit, après son départ.

Depuis lors, il n'a plus donné signe de vie.

Voilà, un dernier virage et j'y suis.

Ah ! je l'aperçois. Elle m'attend sur le seuil de la porte.

Je l'aime.

Une famille insensée

1. Un repas tumultueux

Confortablement installés sur la terrasse, nous achevions tranquillement notre repas, tout en profitant de la douceur exceptionnelle de cette magnifique fin de journée de début septembre, quand ma fille, pour je ne sais quelle affreuse raison, a abordé avec sa mère ses problèmes de ménopause.

— Anna, arrête, je t'en prie, me suis-je écrié aussitôt, pris d'un haut-le-cœur. Tu ne vas tout de même pas nous gâcher la soirée avec tes histoires d'aménorrhée. Laisse-moi au moins terminer paisiblement ma charlotte aux fraises.

À vrai dire, il aurait été préférable que je m'abstienne car, si Françoise, blasée, s'est contentée de lever les yeux au ciel, la réplique de ma progéniture a été, pour le moins, cinglante :

— Mais qu'est-ce qu'il a, le vieux schnock, a-t-elle éructé, tandis qu'un méchant rictus déformait son visage, le beau jeune homme ne supporte pas que sa fille puisse avoir atteint l'âge d'être grand-mère. Le gentil monsieur ne souhaite pas être confronté aux réalités cruelles et désespérantes de la vie. Mais, quoi que tu fasses, quoi que tu dises, tu n'es plus rien qu'un vieux débris, tu sais, mon papa chéri. La grande faucheuse te tend les bras. Le four crématoire est chaud. Il n'attend plus que toi.

— N'exagère pas, ma chérie, a lancé Françoise, décontenancée, pour tenter d'interrompre ce flot subit et inattendu de haine.

Mais, plutôt que de la calmer, ces mots maladroits ont accentué encore la rancœur de ma fille, qui a repris de plus belle :

— C'est ça, défends-le ce salopard. Franchement, maman, tu n'en as pas marre de porter les cornes depuis toutes ces années ? Comment réussis-tu encore d'ailleurs, avec de tels apparats, à franchir les portes ? T'es mariée depuis une éternité à un salaud, rien qu'un salaud, je te le dis.

Suffoquée, Françoise, après avoir encaissé le choc, a tenté, tant bien que mal, de réagir.

— Anna, je t'en prie, tu n'as pas le droit de sortir des trucs pareils, sans queue ni tête, a-t-elle répliqué, sans grande conviction.

Puis elle s'est littéralement écroulée sur sa chaise, sonnée pour le compte.

Tremblante, ma fille a semblé ensuite vouloir poursuivre mais, après m'avoir lancé un regard de travers, et constaté ma parfaite impassibilité, elle s'est abstenue de tout nouveau commentaire déplacé.

Alors, comme par magie, le calme est revenu autour de la table et un silence apaisant a envahi le jardin et ses alentours. J'en ai donc profité pour me resservir une part de ce délicieux gâteau.

Mon Dieu, qu'elle se déniche un nouvel homme, et vite, j'ai pensé à cet instant, tandis que le soleil, indifférent à nos querelles familiales, se couchait à l'horizon.

2. <u>Une nuit agitée</u>

Minuit, j'ai rejoint ma chambre, située au premier étage, depuis un peu plus d'une heure. Je suis accoudé, pensif, au balcon. La température extérieure est toujours aussi agréable. Je lève la tête et observe un moment le ciel constellé d'étoiles plus brillantes les unes que les autres. Je me revois enfant, dans la même position, à l'époque où j'imaginais encore devenir astronome et percer un jour tous les secrets de cet univers sidérant.

Tout à coup, un bruit imprécis m'arrache à ma songerie. Instantanément, je prête l'oreille et je perçois, indistinctement, par à-coups, et provenant de je ne sais où, une sorte de rauquement bizarre. Inquiet, je bloque ma respiration, autant que possible, et reste immobile afin de situer la source de ces grognements.

Le jardin, plongé dans l'obscurité, reste figé. À l'extrémité du domaine, j'aperçois, illuminée par la lune, la cime des arbres remuer sereinement.

Aucune agitation suspecte à l'extérieur : j'en conclus que ces feulements étranges doivent trouver leur origine dans la maison.

Sur mes gardes, je me retourne, scrute la pièce et reste attentif au moindre mouvement qui pourrait y survenir. Puis, alors que ces grognements curieux continuent, à intervalles réguliers, à percer la nuit, je m'approche silencieusement de l'immense garde-robe de chêne, unique souvenir de mes grands-parents, afin d'y dénicher un quelconque ustensile qui pourrait me servir d'arme.

J'ai beau tenter de me raisonner, de me persuader que les bruits bizarres sont monnaie courante dans toutes ces vieilles demeures de campagne, j'attrape peur. Très peur. Vite, il faut que je me ressaisisse. Je ne suis plus un gamin. Je suis un vieux, Anna me l'a dit.

Mais soudain, tandis que je fouille en position accroupie le fond de la penderie, et que ce bruit inquiétant ne m'a jamais paru aussi proche, l'évidence me saute aux yeux, et je me relève péniblement, tout penaud !

Ah ! Françoise, chère Françoise, très chère et tendre épouse, qui, par un beau matin, il y a quelques mois, après s'être pourtant endormie sans émettre la moindre plainte pendant plus de quarante années à mes côtés, m'avait annoncé, de but en blanc, qu'il fallait que nous fassions désormais chambre à part pour qu'elle puisse retrouver un sommeil de qualité.

Ah ! Françoise, chère Françoise, très chère et tendre épouse, qui, sans ménagement m'avait balancé : « Tu ronfles comme un porc, mon pauvre ami ».

Ah ! Françoise, chère Françoise, très chère et tendre épouse, qui, par cette attaque inattendue m'avait tellement blessé alors, qu'une fureur froide m'avait saisi et que j'avais envisagé, très sérieusement, l'éventualité de l'étriper sur-le-champ, et avec une délectation extrême.

Ah ! Françoise, chère Françoise, très chère et tendre épouse, qui partage toujours mon quotidien car, hélas, comme tout être civilisé, je m'étais raisonné et j'avais finalement accédé poliment et sans broncher à sa requête.

Ah ! Françoise, chère Françoise, très chère et tendre épouse, brave moitié qui ronfle à présent, à en réveiller les morts, dans la chambre contiguë à la mienne. L'effet de l'alcool, sans doute.

Ah ! je me pâme. Oui, vraiment, si tu savais comme je me pâme, ma chérie.

Amusé, a posteriori, par cet intermède sonore qui, je dois l'avouer, m'a crispé cependant sérieusement pendant son déroulement, je décide de m'octroyer, pour reprendre mes esprits, un whisky avant de me coucher. De ma réserve secrète, je sors une bouteille de pur malt et me sers un verre que je déguste, à l'aise, dans le fauteuil de cuir placé face à la double-fenêtre, toujours ouverte malgré l'heure tardive, donnant sur le balcon.

L'effet est immédiat et, dès la première gorgée avalée, je me sens bien, formidablement bien !

Hélas, ma quiétude est de courte durée. Après quelques minutes, un cri de hyène, à vous glacer le sang, transperce les murs et me fait bondir.

« Ah, non, cela ne va pas recommencer ! »

« Anna ! nom d'un chien, que nous as-tu encore inventé ? »

À peine ai-je eu le temps de me poser la question, exaspéré, que la porte s'ouvre violemment et que ma fille déboule nue et haletante dans la chambre, suivie tout aussitôt de Bert, son frère, entièrement nu lui aussi, mais un énorme couteau de cuisine à la main.

— Alain, pourrais-tu, je t'en prie, demander à tes enfants de cesser immédiatement ce vacarme ? Il est près d'une heure et je n'ai toujours pas fermé l'œil.

La ronfleuse ! Il ne manquait vraiment plus qu'elle.

Un cauchemar. Je suis en plein cauchemar !

— Sois tranquille, ma chérie, lui dis-je, tout en allongeant la jambe devant moi au passage de Bert, afin de lui faire un croc-en-jambe avant qu'il ne réussisse à rattraper sa sœur.

— Je gère, je gère parfaitement la situation. Rendors-toi, ajouté-je, alors que mon fils vient de s'étaler sur le parquet.

Surpris de se retrouver subitement au sol, Bert se tourne dans ma direction, me lance un regard ahuri et, de son air benêt, il me dit :

— Bien amusé, hein papa ?

À l'autre bout de la chambre, mon aînée, essoufflée, a stoppé sa fuite et, à la vue de son frère, étalé à plat ventre, les fesses à l'air, elle se met à pouffer de rire.

— Bon, c'est terminé pour cette nuit vos enfantillages ? leur dis-je, courroucé.

Anna me tire la langue puis, avec un petit air de fille boudeuse, elle s'approche de son frère, le relève, lui prend la main et lui dit :

— Allons, viens, Bert, ramasse ton jouet, il faut aller dormir maintenant sinon le vieux schnock va encore se fâcher.

Des étoiles dans les yeux, fier qu'elle lui tienne la main, Bert suit docilement sa sœur et tous deux, tels des enfants sages n'ayant rien à se reprocher, viennent me faire la bise et me souhaitent de passer une bonne nuit.

Puis, avant de quitter la pièce, ma fille se retourne et me dit :

— Tu sais, papa chéri, j'étais énervée tout à l'heure lorsque nous étions à table. Tout ce que j'ai pu te sortir, c'était des bêtises, rien que des bêtises.

— Je sais, ma fille, je sais, lui dis-je, habitué à ses sautes d'humeur et à ses volte-face perpétuelles.

Ensuite, avant qu'ils ne disparaissent, j'ai encore le temps de leur crier :

— Mais couvrez-vous, bordel, on n'est pas dans un camp de nudistes ici !

Et d'ajouter, in extremis :

— Et fermez-moi cette porte, pour l'amour de Dieu.

Un claquement sec, un vague courant d'air, et me voilà seul.

Enfin seul !

Je reprends mon verre de whisky, encore à moitié plein, et l'avale cul sec.

« Certains deviendraient alcooliques pour moins que cela », me dis-je alors en me dirigeant vers ma réserve afin de me servir, sans barguigner, une deuxième rasade de ce délicieux breuvage.

Une heure plus tard, hormis quelques craquements inoffensifs, privilège des anciennes demeures, un silence parfait règne sur la propriété. Serein, je me suis réinstallé dans mon fauteuil, face à la fenêtre, toujours ouverte. Comme j'ai préféré éteindre tous les spots, la pièce est plongée dans l'obscurité. Je savoure l'instant. Au fil des années, au fur et à mesure que j'ai pris conscience que mon horizon se rétrécissait inexorablement, j'ai appris à profiter pleinement de ces rares moments de paix durant lesquels je me sens en harmonie, tant avec mon être qu'avec la nature.

« Qu'il peut être bon d'oublier soucis, peurs et angoisses. Qu'il peut être doux de vivre », pensé-je.

Puis, peu à peu, je m'assoupis.

3. Délicieux intermède

— Tu as dormi toute la nuit dans le fauteuil ?

Une voix vient de m'arracher aux rêves agités dans lesquels j'étais plongé. Tant bien que mal, j'ouvre un œil et distingue, dans la lueur éblouissante du soleil qui a envahi la chambre, la silhouette floue de Françoise. Courbaturé, je tends la main vers le sol à la recherche de mes lunettes qui doivent avoir glissé par terre durant mon sommeil. Plus prompte que moi, mon épouse se baisse, les ramasse et me les chausse.

« C'est fou comme deux verres peuvent changer la vision du monde qui vous entoure », me dis-je.

Françoise est vêtue de sa nuisette de soie noire qui lui sculpte magnifiquement le corps. Elle s'approche, lascive. Je pose ma main droite sur son ventre rebondi. Une décharge électrique me parcourt l'échine.

« Est-ce bien cette même personne qui, il y a quelques heures à peine, ronflait comme un sonneur ? Est-ce bien cette même personne que je dénigrais alors ? Est-ce bien elle qui exerce, maintenant, cet attrait irrésistible sur moi ? Je suis déconcerté. Décidément, les sentiments humains sont impénétrables. »

Françoise, consciente de son pouvoir de séduction, me saisit le poignet et m'entraîne vers le lit. Elle m'y allonge et me débarrasse de mes vêtements froissés. Très vite, je me retrouve nu. Tout en m'enjambant, elle me susurre alors, d'une voix suave :

— Ainsi, je porte d'énormes cornes depuis des années.

— Tu sais aussi bien que moi que notre fille est une affabulatrice née, lui dis-je.

Elle sourit, retire sa nuisette, se soulève quelque peu et se met à remuer légèrement les fesses. Puis, elle ferme les yeux, déglutit et commence à gémir.

Oui, vraiment, il faut savoir profiter des rares moments de bonheur qui nous sont octroyés sur cette terre !

Une petite heure plus tard, repus après cet intermède exquis, perdus chacun dans nos pensées, nous récupérons.

Je songe à cette jeune femme, à peine adulte, rencontrée par hasard chez des amis communs. Dès le premier contact, elle m'avait subjugué et j'étais tombé follement amoureux d'elle. Alors, comme elle éprouvait la même attirance pour moi et que nous étions tous deux parfaitement libres, nous avions décidé, très vite, de former un couple et nous nous étions mariés quelques mois plus tard.

« Pour la vie, jusqu'à ce que la mort nous sépare », avais-je promis au maire, lors de la cérémonie civile, sans trop y croire. Car, évidemment, il m'aurait été impossible d'imaginer à l'époque, ne fût-ce qu'une seconde, que, plus de quarante années plus tard, nous serions toujours accouplés et que, malgré les outrages inévitables du temps, elle exercerait encore le même attrait irrésistible sur moi.

Elle repose sur le ventre. Mon corps en perpendiculaire du sien, j'ai la tête posée sur ses fesses charnues. Quel merveilleux oreiller !

À cet instant, je l'aime, tout simplement. Comment avais-je pu l'oublier ? Ah, merveilleux sexe, traitement curatif incomparable pour éloigner reproches et rancœurs et ramener à l'essentiel !

« Il faudrait que nous partions en voyage. Oui, c'est décidé, nous allons partir en voyage », me dis-je soudainement.

Mais, tandis que je nous imagine déjà dans un hôtel de Sorrento, surplombant la baie de Naples, occupés de déguster de succulents plats italiens, la porte s'ouvre et la réalité cruelle de notre quotidien m'éclate à la figure.

— Mais ce n'est pas vrai, qu'est-ce que vous foutez au pieu, à poil, à onze heures du matin, nous lance notre fille. Non, ne me dites pas que vous avez baisé, ajoute-t-elle, l'air dégoûté.

— Un : on frappe avant d'entrer ; deux : tant que nous ne sommes pas séniles, nous sommes encore libres de nos actes et de nos mouvements et trois : tu m'emmerdes franchement Anna, lui dis-je, passablement agacé.

Puis, après un moment, le temps de reprendre mon souffle, j'ajoute :

— Et quatre : dégotte-toi, au plus tôt, un homme pour te dégeler le bas-ventre, ma belle. Cela ne pourra que t'apaiser et aura plus d'effet que tes foutus psychotropes.

Aussitôt, Anna, suffoquée, tourne les talons et disparaît en hurlant comme un chacal !

Pour sa part, Françoise, surprise par ce langage outrancier, inhabituel en mon chef, m'observe d'un air autant amusé qu'interloqué.

— Ne t'inquiète pas, je vais m'occuper d'elle, me dit-elle ensuite, en se relevant prestement. Et, après m'avoir caressé délicatement la joue de la main, elle quitte la chambre, tout en tenant nonchalamment sa nuisette à la main.

Elle est nue.

Nue et radieuse !

4. Les reproches

À peine ai-je atteint le bas des escaliers, après m'être douché vigoureusement dans la salle de bains, qu'une odeur incomparable de café vient me chatouiller les narines.

— Serré ou allongé, ton expresso ? me demande Françoise, souriante, lorsque je pénètre dans la cuisine.

— Allongé, merci.

Puis, alors que je m'installe sur la chaise la plus proche de la fenêtre, et que je m'apprête à couper un morceau de la baguette croustillante posée sur la table, elle me dit :

— Ta fille va mal, tu sais.

— Qui ne va pas mal dans cette foutue famille ?

— C'est cela, Monsieur préfère généraliser le problème et fermer les yeux, me répond-elle. Tu veux mon avis ? Tu t'es toujours foutu de tes enfants, comme tu t'es toujours foutu de moi d'ailleurs.

« Pff. L'état de grâce n'aura pas duré. Revoilà déjà la mégère qui m'a éjecté du lit conjugal. »

— Françoise, ne déconne pas, lui dis-je. Tu le sais aussi bien que moi : l'existence ne se déroule pas toujours comme on le souhaiterait. La vie est loin d'être un long fleuve tranquille. Qu'y puis-je si notre fille souffre de troubles bipolaires depuis son adolescence et si elle est tombée en profonde dépression après le coming out de son mari, après sept ans de vie commune. Dois-je culpabiliser pour autant ? Ne me raconte pas qu'elle ne s'était jamais doutée de quelque chose, quand même. Il ne devait plus la toucher depuis longtemps, non ?

— Arrête, Ludo, répond-elle. Réfléchis : si tous les hommes qui ne touchent plus leur conjointe, ou presque, après quelques années, devaient virer de bord, il n'y aurait plus grand monde pour s'occuper des femmes.

Puis, après une courte pause, elle ajoute :

— Mais, de toute manière, tu détournes tout. Ce n'était pas mon propos.

— Chérie, je tiens à vous plus que tout, tu le sais, lui dis-je. Mais les gosses, ils sont tout de même entrés tous deux dans la quarantaine maintenant, non ? Ils pourraient un peu nous lâcher, tu ne crois pas ?

— Tu crois vraiment que Bert pourrait nous lâcher, me répond-elle, la lèvre supérieure tremblante de colère. Mais dois-je te rappeler, Ludo, au cas où tu ne t'en serais pas encore aperçu, ou au cas où tu l'aurais oublié, que ton fils de quarante ans souffre d'un retard mental et qu'il a des capacités assimilables à celles d'un enfant de six ans ?

— Merde, je n'oublie rien, Françoise, mais doit-on obligatoirement sacrifier toute sa vie pour les autres ?

Quand j'ai pris ma retraite, ou, je devrais plutôt dire, quand j'ai été mis d'office à la retraite, le dernier jour du mois qui a suivi mon soixante-cinquième anniversaire, il y a juste dix mois, j'avais envisagé, comme tant d'autres, de profiter pleinement, en ta compagnie, des dernières belles années que la nature voudrait bien encore m'accorder.

Car tu sais, Françoise, comme j'en ai bavé pendant des lustres dans la boîte ; tu sais comme, tel un beau diable, j'ai dû me battre pour gravir les échelons un à un, d'abord, et redoubler d'efforts pour rester au sommet, ensuite. Tu sais que, dans le monde des affaires, la concurrence est féroce.

Mais, tout cela, crois-moi, je l'ai fait volontiers, et dans un seul but : afin que vous ne manquiez jamais de rien.

Revers de la médaille, j'en suis conscient : notre vie familiale en a pâti. J'ai été trop souvent absent de notre foyer et, comme tant d'autres, je n'ai pas pris le temps de voir nos enfants grandir.

Mais, par bonheur, tu as pris le relais, Françoise, en décidant de rester à la maison pour les élever. Tu étais là ; tu as toujours été là ; tu es encore là. Pendant quarante ans, Françoise, — quarante ans ! — tu leur as donné le meilleur de toi-même. Pendant quarante ans, tu as été une mère exemplaire, toujours aux petits soins pour eux.

Alors, maintenant, je t'en prie, pour toi, pour moi, pour notre couple qui ne mérite pas de déchirures, pensons un peu à nous.

— Maman, quand je serai grand, je pourrai devenir footballeur professionnel ?

Bert, le sourire aux lèvres, vêtu de son équipement aux couleurs de l'OM, vient de m'interrompre en pénétrant joyeusement dans la cuisine.

— Bien sûr, mon petit, bien sûr, lui répond Françoise, l'air songeur.

Mes dernières illusions viennent de s'envoler !

5. L'affrontement

Le même jour, un peu avant dix-huit heures, je pénètre, sans prendre la peine de frapper, dans la chambre d'Anna.

— Et surtout, ne te gêne pas mon salaud, me dit-elle, d'un ton rageur, dès qu'elle m'aperçoit.

« Purée, toujours en pleine crise », pensé-je alors, mais, comme je me l'étais promis, je garde mon calme et je me contente de la fixer quelques instants, sans lui dire un mot.

Elle porte un chemisier vert qui la boudine affreusement et une jupe noire très courte qui enserre ses grosses fesses et laisse apparaître méchamment ses cuisses, lourdes de cellulite. Ses cheveux gras, tirés vers l'arrière, sont réunis dans la nuque par un vulgaire élastique.

— Qu'est-ce qu'il me veut ? demande-t-elle, troublée par mon impassibilité.

— Il veut que tu dégages d'ici ce soir même, lui dis-je, d'une voix forte, en appuyant sur chaque syllabe.

— Tu n'as pas le droit. Le devoir d'assistance, tu connais ? me répond-elle du tac au tac, d'un air assuré.

— Anna, écoute-moi, ma fille, lui dis-je, toujours aussi serein. Si je ne me trompe, avant de déguerpir avec ton prince charmant, tu es restée dans nos jambes à nous enquiquiner avec tes problèmes existentiels jusque près de trente-cinq ans. Vrai ou faux ?

Je m'interromps un bref instant et pose les yeux sur elle. Puis, comme elle reste interdite, je poursuis :

— Ensuite, tu as été mariée sept ans avec lui, non ? Seulement, pendant cette période, il ne s'est pas passé une semaine sans que Mademoiselle ne débarque à l'improviste pour venir se plaindre de sa vie minable auprès de sa maman chérie. Inutile de te dire que cela a miné ta mère et a rejailli sur notre couple.

Son regard s'assombrit. Elle est folle de rage. Sans lui laisser le temps d'intervenir, je reprends :

— Puis, lorsque ton homme a trouvé sa véritable voie et qu'il s'est envolé avec son mec — mais peut-on lui jeter la pierre en te regardant ? — tu n'as rien trouvé de mieux, pour nous pourrir la vie, que de venir nous rejoindre, alors que nous venions d'emménager ici quelques semaines après ma retraite.

Elle est blême. J'enfonce le clou :

— Et, depuis ce jour, tu nous emmerdes. L'as-tu bien entendu, ou dois-je te le répéter encore plus fort : tu nous emmerdes ! Ah oui ! on peut vraiment affirmer que tout s'est irrémédiablement déglingué depuis ton retour. Dans ces conditions, je te le dis, une dernière fois, tu dégages ce soir !

Assommée pour le compte, elle se contente de me demander, d'une voix fluette :

— Et Bert ?

— Tu ne vas tout de même pas comparer la situation de ton frère à la tienne ! Mais, de toute manière, je cherche une solution pour lui aussi. S'il reste toute la journée à glander ici, c'est parce que cette région désertique — c'est beau la campagne ! — ne propose pas, contrairement à ce que nous avions en ville, un centre d'hébergement de jour pour des — comment dirais-je ? — des types dans son genre, quoi ! Et c'est quand même inconcevable que l'on ne puisse pas le faire interner sans son accord, non ? Il a six ans d'âge mental, oui ou merde ?

— Tu nous détestes, c'est cela ! Tu nous détestes à ce point ? me lance-t-elle, médusée.

— Mais quelqu'un, dans cette famille, peut-il comprendre que je ne souhaite que le bonheur de chacun, mais pas à n'importe quel prix ! m'exclamé-je, excédé. J'aspire simplement au calme, à la tranquillité, à la paix !

Anna me regarde d'un air perplexe. Aurait-elle saisi mon message ? Je n'ose y croire.

— Papa chéri, non, je t'en supplie, ne me demande pas de partir, me dit-elle, soudain, les larmes aux yeux. Où veux-tu que j'aille ? J'ai tant besoin de vous.

Bien que quelque peu désarçonné par son changement d'attitude, je ne bronche pas.

Alors, comme elle s'aperçoit que je reste insensible à ses jérémiades, elle se jette sur le lit et elle se met à pleurer comme un veau.

Rien à en tirer. Il faudra que je passe au plan B. Après l'avoir laissée geindre quelques minutes, je lui dis :

— Tu as raison, ma fille. Serrons-nous les coudes et restons tous ensemble. De toute manière, demain sera un autre jour et nous y verrons plus clair.

Un sourire illumine son visage.

— Bisous, papa chéri, me répond-elle, immédiatement calmée et retapée.

Je la hais !

6. <u>Projets d'évasion</u>

Françoise est une inconditionnelle de la nature. Elle a toujours particulièrement aimé pouvoir partir se ressourcer de temps à autre en montagne. Les balades au grand air, c'est son truc.

Pour fêter dignement son soixante-cinquième anniversaire, j'ai tenté de nous réserver, le lendemain de cette journée éprouvante pour les nerfs de chacun, un séjour dans un charmant hôtel de Beaulieu, au plein cœur du Jura, hôtel dans lequel nous avions nos habitudes, il y a quelques années.

La région est superbe, la vue des chambres sublime, les repas succulents, le confort parfait. Le lieu idéal pour se retrouver, donc ! Par chance, un désistement venait d'être acté et j'ai pu obtenir immédiatement, auprès de la patronne de l'établissement, une réservation pour trois nuitées, en demi-pension, dès le vendredi suivant.

Placée devant le fait accompli, Françoise n'a protesté que pour le principe :

— Comment fait-on pour Bert ? a-t-elle dit. Il ne supportera pas, le pauvre.

— Ne t'inquiète pas, lui ai-je répondu. Je lui en ai déjà parlé. Bert est ravi de rester à la maison trois jours avec sa sœur. Il m'a même promis de prendre soin d'elle. Ils vont beaucoup jouer ensemble, tu le connais.

— Oui, je la plains, la malheureuse.

— Quoi qu'il en soit, la malheureuse nous doit bien ce petit service. Et puis, de cette manière, elle pensera un peu moins à elle.

— T'as peut-être raison, m'a-t-elle répondu, convaincue. Elle n'en mourra pas.

— Bien sûr que non, lui ai-je dit, tout en espérant le contraire.

Un peu plus tard, contrairement à mes appréhensions, Anna n'a pas réagi de manière virulente quand je lui ai parlé de notre petite escapade.

— Cela vous fera le plus grand bien, m'a-t-elle dit. Et maman le mérite, non ?

— Bien sûr, lui ai-je répondu. Et cela ne te gêne vraiment pas de rester seule ici pendant trois jours avec ton frérot ?

— Papa, tu me l'as dit hier : serrons-nous les coudes. Et puis, bien qu'il puisse être très chiant, c'est mon frère.

Décidément, les sautes d'humeur de ma fille me surprendront toujours, ai-je pensé, ravi par sa réaction.

7. Un plan parfait

Tandis que Françoise prend son bain avant de s'apprêter pour le dîner, je profite de la vue sur la terrasse et m'amuse à suivre les déplacements de deux chevaux dans une prairie en pente sur ma gauche.

À l'hôtel, tout est parfait et, comme la météo est au beau fixe, le séjour se passe remarquablement. Françoise est ravie. Pourtant, je déprime. Je déprime car nous rentrons déjà demain en Normandie et le coup de fil tant attendu ne nous est pas encore parvenu.

Non, à la maison, tout va bien. Tout va trop bien.

Je désespère.

Je sais que mon fils est taré, mais pas à ce point-là, quand même ! Pas au point de ne pas réussir à appuyer sur la gâchette. Bon sang de bonsoir, avant le départ, j'ai pourtant pris le temps de lui expliquer simplement tout ce qu'il avait à faire.

Je lui ai d'abord montré la cachette.

« Regarde, lui ai-je dit, dans la garde-robe de papa, sous les pulls de l'étagère du haut. Tu vois le beau jouet avec lequel nous nous amusons, maman et moi, si souvent pour nous détendre. »

Je lui ai ensuite montré son fonctionnement.

« Il suffit d'appuyer là, et pouf, une balle en plastique sort du canon et, si tu as bien visé, elle éclate aussitôt sur ton compagnon de jeu qui se retrouve le corps maculé de peinture. C'est vraiment rigolo, tu sais, de jouer aux flics. »

Il a beaucoup ri, a voulu essayer tout de suite avec moi, mais j'ai refusé prétextant qu'il fallait que cela reste une surprise pour Anna.

Puis, j'ai bien insisté sur le fait que tout ceci était un secret entre lui et moi, et que jamais, il ne devait en parler à quiconque. Fier de ma confiance, il me l'a promis solennellement.

Enfin, avant de le quitter, je lui ai détaillé minutieusement la marche à suivre :

« Quand Anna sortira de ta chambre pour rejoindre la sienne, après t'avoir souhaité une bonne nuit, tu patienteras sagement dans ton lit au moins une demi-heure. Puis, tu te lèveras, tu sortiras en ayant soin de ne pas faire de bruit en ouvrant la porte de ta chambre et tu vérifieras, en passant devant la sienne, qu'aucun rai de lumière n'y dépasse. Tu te rendras, alors, toujours silencieusement, dans ma chambre pour y prendre le jouet. Ensuite, muni de celui-ci, tu te dirigeras vers sa chambre et tu y entreras sur la pointe des pieds, le pistolet à la main, caché derrière ton dos. Tu t'approcheras lentement de ta sœur. Tu placeras le pistolet à quelques centimètres de son cœur, et paf, elle se retrouvera toute rouge et tu t'enfuiras avant qu'elle ne te poursuive. Avec ce jouet, je t'assure, vous vous amuserez comme des fous pendant notre absence. »

Avec la dose de somnifères qu'Anna avale chaque soir, aucune chance qu'elle ne se réveille. Les plans simples sont les plus efficaces, non ?

Absorbé par mes pensées, je n'ai pas entendu Françoise s'approcher de moi. Elle m'enserre le cou de ses mains, encore légèrement humides, et je sursaute. Je me retourne. Elle est nue.

— Un petit apéritif avant le dîner ? me demande-t-elle.

8. Le coup de fil

Attablés dans la salle du petit-déjeuner, nous profitons, une dernière fois avant le retour, du buffet de qualité qui nous est proposé chaque matin.

Françoise, enchantée par ce séjour qui lui a permis de déconnecter du quotidien, resplendit. Pour ma part, je suis d'humeur plutôt morose : rien, aucun appel !

Mon plan a échoué !

Perdu dans mes pensées chagrines, je me lève et me dirige vers la machine à café afin de m'y préparer un dernier expresso. Soudain, en levant les yeux dans sa direction, et alors que le précieux nectar s'écoule lentement dans ma tasse, j'aperçois Françoise fouiller frénétiquement dans son sac à la recherche — il ne peut en être autrement — de son téléphone portable.

Sans attendre, je saisis ma tasse, même pas à moitié pleine, et rejoins précipitamment mon épouse qui vient, en effet, de dénicher son smartphone dans son fouillis.

Mon cœur bat la chamade. J'ai un mal fou à cacher mon émoi.

« Calme, rester calme », me dis-je, tandis qu'elle décroche.

— Allô, dit-elle, oui... Non... Mon Dieu... Comment est-ce arrivé... Mais c'est horrible...

Je n'en peux plus. Je scrute la moindre réaction sur son visage. Curieusement, elle semble, pour l'instant, encaisser raisonnablement le choc. Je m'apprête cependant à la prendre dans mes bras et à la consoler comme il se doit, dès qu'elle réalisera la portée des mots qu'elle vient d'entendre.

« Quel drame affreux. Comment cela a-t-il pu se produire... Ah ! j'ai toujours pensé qu'il aurait été préférable de nous débarrasser de l'arme de papa... Nous devrons être forts et unis face à l'inéluctable, mon amour... Je t'aime, je t'aime tellement... Elle était pourtant délicieuse... Il faudra qu'il soit enfermé mais, jamais, au grand jamais, nous ne le laisserons tomber, mon amour... Ce n'est qu'un enfant dans un corps d'adulte, ne l'oublions pas... »

Les phrases s'entrechoquent dans ma tête. Il faudra que je sélectionne, que je ne me laisse surtout pas envahir par l'euphorie.

Ah ! je suis heureux, tellement heureux.

— Oui, nous rentrons le plus vite possible. À tout à l'heure, ma chérie.

À tout à l'heure, ma chérie ! ? Je dois avoir mal entendu.

Françoise vient de raccrocher. Elle reste silencieuse, le regard dans le vide. J'ai envie de la secouer.

— Que se passe-t-il ? lui dis-je, du ton le plus neutre possible, mais la voix chevrotante.

— C'est affreux, me répond-elle, toujours absente.

J'insiste :

— Françoise, pour l'amour du ciel, peux-tu me dire ce qui est affreux, ma chérie ?

— C'est Bert, répond-elle, d'une voix blanche. C'est Bert : il est parti se promener aux aurores, avant qu'Anne ne se réveille, avec le revolver de ton père, et il a abattu une vache, qui broutait paisiblement, dans une prairie, à quelques kilomètres de la maison. Inutile de te dire qu'il est secoué, le pauvre !

Et tandis que je pense à cette pauvre bête, victime de mon plan foireux, je m'entends lui dire :

— Mais c'est horrible, ma chérie.

Puis ajouter :

— Encore heureux que notre fils soit sain et sauf !

9. La transaction

Cet éleveur a un sens incontestable des affaires.

— Voyez-vous, Monsieur Alain — je peux vous appeler Alain, n'est-ce pas ? m'a-t-il demandé, en souriant — au cours actuel, le prix d'une bonne vache laitière est estimé à mille cinq cents euros. Ajoutons-y le prix de l'enlèvement et de l'équarrissage, cela nous fait donc approximativement quatre mille euros. Si vous êtes d'accord, vous me réglez cette somme et nous oublions ce fâcheux incident.

« Vous n'essaieriez pas de m'entuber, par hasard ? » ai-je failli lui répondre. Mais je me suis abstenu : le silence a un prix, même à la campagne ! Inutile d'ébruiter plus que nécessaire cette malheureuse histoire.

— Topez là, lui ai-je dit, en lui présentant la paume de ma main.

— Cash, évidemment, a-t-il dit.

— Évidemment, ai-je répondu.

Puis, le marché conclu, il m'a servi un calvados et s'est lancé dans une critique acide de l'Union Européenne et de son système, injuste selon lui, de subsides aux agriculteurs et éleveurs. Je l'ai écouté d'une oreille distraite et je n'ai rien compris à son charabia mais il a paru satisfait et il m'a proposé, pour sceller notre amitié, de l'accompagner à l'étable pour assister à la traite de son cheptel.

L'air ravi, bien que désespéré, j'ai accepté.

Ah ! comme la ville me manque.

10. <u>Affronter le tumulte</u>

Avant cela, le retour de vacances n'avait pas été simple.

Durant l'entièreté du trajet, Françoise m'avait bassiné avec une volée de reproches, plus violents les uns que les autres, et elle n'avait eu de cesse de se flageller mentalement jusqu'à réactiver en elle le sentiment de culpabilité latent qui l'habite depuis qu'elle est devenue mère.

« Un platane pourrait, peut-être, tout résoudre », m'étais-je dit, désespéré face à ce mur de lamentations, mais je m'étais armé de patience et j'avais supporté stoïquement ses jérémiades.

Par bonheur, dès que nous étions arrivés à la maison, après avoir étreint sa fille comme une dingue, elle s'était réfugiée, épuisée, dans sa chambre, sans même avoir eu la force de rejoindre Bert. Ouf ! j'allais pouvoir souffler.

Je n'en avais pas terminé pour autant car Anna s'était alors approchée de moi et s'était mise à brailler comme un âne pour tâcher de se dédouaner de toute responsabilité dans la fugue de son frère et des événements qui avaient suivi.

« Ah, si ton frère n'avait pas été si con », avais-je pensé, tout en tentant, sans grande conviction, de la consoler.

Pour sa part, Bert, terrorisé, s'était réfugié dans la cave, dès son retour de son équipée matinale, après son geste malheureux, et il s'y terrait depuis. Il ne souhaitait rien d'autre que de fuir ce monde incompréhensible pour lui.

— Bert, sors mon garçon, lui avais-je dit, alors que je l'apercevais dans la pénombre, recroquevillé dans le coin le plus reculé du sous-sol.

— Pan ! Pan ! mais pas de la peinture, papa, avait-il répondu, craintif.

— Tu t'es trompé, ce n'est pas grave, lui avais-je répliqué, tu as pris le vrai revolver de papa, placé dans la garde-robe, alors que le jouet se trouvait dans le tiroir de la table de chevet. Tu te souviens, Bert, je t'avais bien parlé du tiroir de la table de chevet.

L'œil hagard, cherchant manifestement à se souvenir de mes paroles initiales, il était resté muet quelques instants, puis il m'avait dit :

— Trompé, me suis trompé, papa. Pardon.

— Tout le monde commet des erreurs, Bert, lui avais-je répondu, compatissant.

— Erreur papa, erreur, avait-il répété, désolé.

— Allons, sors de là, lui avais-je dit, en tendant la main dans sa direction.

Penaud, il m'avait rejoint et avait pris ma main dans la sienne mais il l'avait serrée tellement fort que, sur le moment, j'ai bien cru qu'il m'avait cassé deux ou trois doigts.

« Arrête, espèce d'orang-outan », avais-je pensé.

— T'aime, papa, avait-il dit.

Ensuite, je n'avais pas osé lui demander la raison pour laquelle il n'avait pas suivi notre plan initial et nous avions rejoint Anne.

« Qu'il oublie, donc, le sagouin », avais-je encore pensé, désabusé.

11. <u>La prière</u>

Avant la communion, père Emmanuel, natif du Cameroun — l'évangélisation inversée, juste retour des choses — invite chacun des fidèles présents dans l'église à transmettre la paix par un geste particulier à la personne la plus proche de lui.

Aussitôt, je me cabre car j'abhorre cette partie de la célébration. Par chance, comme je suis assis entre Françoise et Anna, j'échappe au pire et évite de devoir serrer la main poisseuse de l'un ou l'autre inconnu, tout en le saluant d'un sourire forcé.

Bert, par contre, adore ce moment. Il en profite pour quitter sa place et s'en va gaiement à la rencontre de tous les fidèles présents. Distraction assurée pour tous dans le lieu Saint ! Cela m'amuse ; le prêtre moins. Il ne bronche toutefois pas. Il faut dire que Françoise, et je le lui ai d'ailleurs assez reproché, fait partie des meilleures bienfaitrices de la paroisse. Les offrandes : sa spécialité ! Vu son énorme générosité, j'en arrive parfois même à m'interroger. Mon épouse ne souhaiterait-elle pas, inconsciemment toutefois, je l'espère, se farcir l'homme à la soutane ?

Françoise est une habituée de la messe dominicale. Elle s'y rend chaque semaine à dix heures, accompagnée de Bert. Elle prie pour expier ses péchés. Je me demande quels péchés elle peut se reprocher d'avoir commis. S'en voudrait-elle d'avoir enfanté deux spécimens de foire ? L'idée, inculquée depuis la plus tendre enfance, que Dieu vous envoie des épreuves pour vous tester et que chaque instant de plaisir conquis sur cette terre doit être payé, tôt ou tard, est très ancrée en elle. Lors de nos premières années de vie commune, j'ai maintes fois tenté de lui prouver l'absurdité de ce raisonnement. En vain. Et comme nos discussions avaient la fâcheuse tendance de tourner au vinaigre, chacun restant inévitablement sur ses positions, j'ai, un jour, abandonné tout espoir de modifier sa vision de l'univers et je l'ai laissée à ses douces illusions de vie après la vie, ou autre paradis terrestre.

« Après tout, si cela peut l'aider à vivre », me suis-je dit.

Quant à lui, Bert ne se pose guère de questions. À quarante ans, il croit en Dieu comme un enfant de six ans peut croire en Dieu. Il écoute sagement toutes les belles histoires que sa mère lui raconte, à longueur d'années, sur le petit Jésus et ses apôtres et il n'omet jamais de réciter sa prière avant de s'endormir.

« Heureux les pauvres en esprit », aurait déclaré Jésus. Heureux Bert, donc.

De son côté, Anne a suivi ma trace. À douze ans, en sixième, élève dans un collège catholique à cette époque, elle a envoyé bouler, du jour au lendemain, la sœur directrice et toute sa foutue église. Le résultat a été immédiat : renvoyée sur-le-champ, au grand dam de sa mère, et pour mon plus grand plaisir, j'en conviens.

Mais aujourd'hui, exceptionnellement, nous ne pouvions, décemment, refuser à Françoise de l'accompagner. Fichtre ! nous venions d'échapper à un drame tellement affreux.

— Rends-toi compte, m'avait dit Françoise, avec cette arme, Bert aurait pu tuer quelqu'un. Dieu merci, ce ne fut qu'une vache.

« Une vache à quatre mille euros », avais-je pensé.

En fin de messe, après la communion, le prêtre demande à chacun de se recueillir un instant en silence.

J'en profite alors pour m'adresser directement au maître des lieux et, en pensée, je lui déclare :

« Dieu, entre nous, j'aurais préféré que tu ne te mêles pas de mes affaires ! »

Puis, après avoir longuement soupiré, j'ajoute :

« Comment pourrai-je retrouver ma liberté un jour si tu t'obstines à me mettre des bâtons dans les roues ? »

12. <u>Le dénouement</u>

Étendu sur une chaise longue, j'observe, à l'ombre du chêne séculaire dominant le jardin, les nombreuses abeilles butineuses qui gravitent autour des lilas fleuris.

Un doux soleil de printemps illumine la nature qui, comme moi, revit après cet hiver particulièrement rude.

Depuis notre passage à l'église, il y a huit mois, tout s'est enchaîné et deux dates resteront à jamais gravées dans ma mémoire.

Le deux octobre, tout d'abord, jour de l'accident.

Françoise et moi étions partis, en début d'après-midi, au supermarché afin d'y effectuer nos courses. Bert, ce sacré Bert, avait profité de notre absence et d'un moment d'inattention de sa sœur — incorrigible Anna occupée de surfer sur un site de rencontres — pour retirer la plaque recouvrant la citerne de récupération d'eau de pluie dans la cour intérieure.

Muni d'une perche, mon fils s'était couché, comme je lui avais inconsciemment fait la démonstration la semaine précédente — ah ! comme je me le reproche —, près du trou béant de la citerne pour tenter d'y sonder sa profondeur. Hélas, en recherche d'un tuteur pour un arbuste, j'avais été amené — fâcheux concours de circonstances — à réduire la longueur de cette foutue perche, deux jours plus tôt.

Ah ! j'imagine, avec horreur, que le pauvre se sera penché, penché... pour tenter d'atteindre le fond. Et puis, plouf !

Après le drame, Françoise avait sombré dans une dépression grave. Pour l'aider à en sortir, j'avais tenté, un soir, de lui expliquer que, finalement, étant donné son état psychique, il était, peut-être, salutaire que Bert soit mort avant nous. Mais, à peine avais-je prononcé ces quelques mots, relevant pourtant du bon sens, que son regard s'était assombri et que, pendant un court instant, j'avais cru qu'elle allait se lancer sur moi et tenter de m'étriper.

— T'es un monstre, rien d'autre qu'un monstre, m'avait-elle dit, méchamment.

À ma grande surprise, Anna, plus énorme que jamais, avait, quant à elle, surmonté relativement facilement cette épreuve terrible. Alors que, à mon humble avis, le décès de son frère aurait dû la culpabiliser à mort, elle s'était permis de partir en vacances, toute guillerette, un mois plus tard, sans même s'occuper de notre état. De plus, à son retour, elle nous avait annoncé, tout de go, qu'elle partait vivre avec son nouveau mec sur la côte belge. Et de plus, elle avait eu le culot de nous déclarer qu'elle préférait ne pas nous le présenter.

— Tu comprends, maman, je ne voudrais pas que papa le pollue, avait-elle dit.

J'en avais été suffoqué.

« Décidément, l'ingratitude des enfants est sans limites », avais-je pensé.

Le quatorze février, ensuite, jour de la Saint Valentin.

À force d'avaler des antidépresseurs, Françoise était enfin parvenue à se remettre.

Pour la fête des amoureux, j'avais imaginé lui offrir un voyage d'une semaine à Mayotte.

Ce soir-là, nous avions décidé de dîner à la maison et, dans l'après-midi, je m'étais déplacé spécialement en ville pour y acheter chez le traiteur deux menus asiatiques. Alors que nous venions de terminer nos nems et que tout se déroulait parfaitement, j'envisageais de lui donner les réservations, avant le plat principal, quand elle m'avait dit :

— Pardonne-moi, Alain.

Surpris, j'avais levé la tête et attendu qu'elle poursuive.

— Depuis toutes ces années, tu as toujours veillé à ce que, ni les enfants, ni moi, nous ne manquions de quoi que ce soit et je t'en suis reconnaissante.

— De quoi me parles-tu ? lui avais-je demandé.

Elle n'avait pas relevé et elle avait repris :

— Je vais être brève : je te quitte Alain. Notre histoire, faite de hauts et de bas, se termine. Jusqu'à il y a peu, je m'étais faite à l'idée de terminer, comme grand-mère, ma vie à tes côtés mais, maintenant que plus aucune attache ne me relie à toi, je reprends ma liberté. Dans quelques mois, j'aurai soixante-six ans et je veux saisir ma dernière chance, emprunter ce dernier convoi qui passe et qui m'emmènera sur d'autres chemins, me fera découvrir d'autres horizons.

Furieux, je l'avais interrompue et je lui avais dit :

— Écoutez-moi ce discours de merde. Mais Françoise, t'es devenue soudainement philosophe ou quoi ? Quel est le connard qui t'a défoncé le ciboulot ?

Elle s'était levée brusquement et, me toisant de haut, m'avait asséné :

— Voilà déjà que tu t'emportes, comme toujours, mon pauvre ami. Tu ne supportes aucune contrariété. Tu n'as jamais supporté aucune contrariété. Tout va bien tant que l'on suit tes traces. Mais Ludo, ton âme est trop torturée, ta face sombre trop présente, pour que l'on puisse te suivre indéfiniment sans broncher, sans craquer. Tu tues, Ludo, tu tues !

J'avais compris.

— Tu parles comme un cureton, lui avais-je lancé. Ah ! ne me dis pas que ce prêtre s'est défroqué pour ton cul, agréable certes, mais périmé. Non, dis-moi que je rêve. Te rends-tu compte comme ton comportement est abject ?

Les larmes aux yeux, elle m'avait ignoré et s'était dirigée, comme un automate, vers la porte du hall. Avant de la franchir, elle s'était cependant retournée et, les yeux noirs de haine, elle m'avait asséné, en me fixant froidement du regard :

— Je pars demain pour Luanda.

Le canard laqué, que j'avais voulu lui envoyer dans la figure, s'était écrasé sur la porte.

L'odeur des lilas me parvient aux narines. Les oiseaux pépient. J'ai envie d'un whisky.

Une enfance nébuleuse

Allongée dans la baignoire, plongée dans une eau très chaude, je profitais de mon temps libre, en ce dimanche matin, pour me relaxer des pieds à la tête, quand la sonnerie du téléphone a interrompu ce délicieux moment de sérénité.

— Marco, je prends mon bain. Tu veux bien répondre, mon amour ? ai-je crié, sans même remuer un orteil.

Presque aussitôt, la sonnerie a cessé et des bruits inaudibles de conversation me sont parvenus aux oreilles pendant quelques secondes. Puis, le silence, reposant, a réenvahi la maison.

Peu après, mon tendre mari a entrouvert la porte de la pièce embuée.

D'emblée, ses yeux se sont posés, instinctivement, sur mes seins qui, tels de minuscules icebergs, semblaient flotter à la surface de l'eau. Troublée par son regard équivoque, j'ai laissé glisser ma poitrine sous l'eau.

Après avoir soupiré, il m'a tendu le combiné et il m'a dit, d'un ton neutre :

— Une assistante sociale de l'hosto à propos de ta grand-mère.

Mamie ! D'emblée, j'ai senti mon cœur s'emballer.

— Allô, ai-je dit, d'une voix inquiète, tandis que Marco m'observait nonchalamment.

— Bonjour Madame Granville, Claire Drapier, du service social du centre hospitalier de Mouscron. Je me permets de vous appeler au sujet de votre grand-mère, Madame Géraldine Rambour. C'est bien votre grand-mère, n'est-ce pas ?

— Oui, oui, ai-je répondu, très vite. Que lui est-il arrivé ? C'est grave ?

— Assez, malheureusement, a-t-elle répondu. En fait, Madame, votre aïeule est tombée chez elle la nuit dernière alors qu'elle se rendait aux toilettes. Heureusement, comme elle portait autour du cou son médaillon pendentif d'appel d'urgence, elle a pu en activer le bouton d'alerte et les secours se sont rendus immédiatement chez elle.

— Comment va-t-elle ? ai-je demandé, l'interrompant brusquement.

— Restez calme, Madame Granville, et laissez-moi poursuivre, je vous en prie, a-t-elle répondu fermement, sans se démonter.

Puis, comme je ne réagissais pas, elle a poursuivi :

— Les examens effectués cette nuit ont révélé une fracture du col du fémur, fracture fréquente, je ne vous l'apprends probablement pas, chez les personnes âgées. L'opération inévitable a été réalisée ce matin même et elle s'est parfaitement déroulée. Votre grand-mère est actuellement en réanimation.

Elle s'est arrêtée, a attendu que je réponde, mais, sous le coup de l'émotion, tétanisée, aucun son n'est sorti de ma bouche.

Alors, après un moment, elle a repris :

— Madame Granville, les services de maintien à domicile des personnes âgées nous ont communiqué vos coordonnées comme unique personne de contact. Il semblerait que votre grand-mère n'ait plus aucune famille, ni relation dans la région. Je suis consciente que vous habitez à une distance considérable d'ici mais il serait nécessaire que vous vous rendiez à son chevet au plus tôt.

— Oui, oui, bien sûr, suis-je parvenue à balbutier.

Et, sans plus attendre, juste avant que le film de mon enfance ne repasse en moi, j'ai raccroché.

***

Un peu plus de dix-neuf heures. Le vol Easyjet est en bout de piste, face au vent. Les réacteurs montent en puissance. Inconsciemment, je serre les accoudoirs du siège sur lequel je suis installée et je ferme les yeux.

L'avion s'élance sur la piste et prend rapidement de la vitesse. Mes traits se crispent. Si j'étais croyante, je prierais, c'est sûr.

Après un temps interminable, l'appareil prend enfin son envol et le vrombissement infernal qui me brise les tympans s'atténue quelque peu.

Alors, j'ose rouvrir les yeux et j'observe, par le hublot, la baie de Nice s'éloigner. Dans un peu moins de deux heures, sans incident, nous atterrirons à Lille et mon calvaire s'achèvera.

— C'est la première fois ?

Je tourne la tête vers la droite. Un couple d'une bonne vingtaine d'années occupe les deux sièges situés dans l'alignement du mien. Ils ont la peau hâlée, l'air reposé, se tiennent tendrement la main. Des vacanciers amoureux, sans doute, qui, après quelques jours au soleil, rejoignent leur Nord natal. À vrai dire, submergée par mes tourments, je ne les avais pas encore remarqués. Le jeune homme me sourit. Il me dévisage, attend une réponse :

— Non, non, mais l'avion m'angoisse, lui dis-je, presque gênée.

Il opine poliment de la tête et, dans l'incapacité de comprendre mon désarroi et de m'aider, il se contente de me dévisager longuement, tout en restant bouche bée, le regard dans le vide.

Après un moment, qui me semble une éternité, sa moitié lui saisit la main et lui chuchote quelque chose à l'oreille. Il se retourne, approche ses lèvres des siennes, l'embrasse.

Voilà ! Pour eux, je n'existe plus. Ils m'ont déjà oubliée.

Je soupire.

« Deux heures. Deux petites heures ! »

***

Comme toujours, Marco avait pris les choses en main. Dès la fin de l'appel, il avait saisi mon profond désarroi et avait proposé de s'occuper de l'aspect pratique de mon déplacement.

« Je ne pourrai pas t'accompagner, m'avait-il dit, mais, au moindre problème, tu auras toujours le loisir de me contacter, ici ou à l'agence, via Skype ou WhatsApp. »

J'avais trouvé cela bizarre. À un peu plus de trente ans, j'en étais restée à l'utilisation de ce bon vieux portable qui ne sert qu'à téléphoner ou, en toute extrémité, à envoyer des textos.

À midi, tout était réglé !

Marco m'avait déniché — mais à quel prix ? — une place sur ce vol et il m'avait réservé une voiture à destination.

Ensuite, il m'avait aidée à préparer mon sac. Bien lui en avait pris car, complètement larguée, je n'avais pas la moindre idée de ce qu'il me fallait emporter. En fait, depuis l'appel de l'hôpital, j'avais l'impression d'avoir la tête emplie de ouate ce qui, forcément, m'empêchait de penser et de raisonner.

— Et, surtout, n'oublie pas le double de la clef de la maison de ta grand-mère, avait-il dit aussi, en homme pragmatique. Tu pourras y loger, cela t'évitera des frais d'hôtel.

Puis, avant qu'il ne m'emmène en voiture à l'aéroport, nous avions eu le temps d'aller déjeuner dans le restaurant italien où nous avons nos habitudes et de flâner, ensuite, une petite heure dans la vieille ville.

Cet intermède bienvenu, dans ma commune d'adoption, m'a revigorée et m'a permis de retrouver un peu de sérénité.

« Ah ! vraiment, jamais je ne me lasserai de Menton. Ah ! vraiment, jamais je ne me lasserai du mec que j'y ai rencontré et qui partage ma vie depuis dix ans », avais-je pensé.

« Une heure. Une petite heure ! »

***

Le message « Fasten Seat Belt », placé à hauteur de mes yeux, à l'arrière du siège situé devant moi, s'illumine soudain. Presque aussitôt, de légères vibrations commencent à secouer l'avion.

Immédiatement, la panique me gagne. Je tourne la tête en tous sens, cherche de l'aide, mais, à vrai dire, personne d'autre dans l'habitacle ne semble vraiment s'inquiéter et les passagers se contentent, pour la plupart, de boucler machinalement leur ceinture.

Je n'ai pas d'autre choix : il me faut les suivre dans leur inconscience du danger. Vite, penser à autre chose. Penser à autre chose afin que ces crampes affreuses qui me déchirent le ventre s'estompent.

Menton !

Je venais de fêter mon vingtième anniversaire quand j'ai découvert Menton pour la première fois. Arielle, mon amie de toujours — ma seule amie, en fait — m'avait persuadée de l'accompagner, elle et ses parents, dans l'appartement qu'ils louent chaque année à Cannes pendant la deuxième quinzaine de juillet.

— Je t'en supplie, viens, m'avait-elle dit. Je m'ennuie à mourir avec eux. Vingt ans, cela se fête ! Et puis, tu verras, cela sera sympa, on partagera la même chambre et je te ferai découvrir toutes les merveilles de la Côte d'Azur. Tout cela gratos.

Je connaissais les penchants d'Arielle et je savais que, si elle m'invitait, c'était par amitié, bien sûr, mais aussi, et surtout, car elle ne pouvait concevoir de vacances sans amour. Or, comme sa bien-aimée l'avait quittée quelques semaines plus tôt...

J'avais donc pesé le pour et le contre et je m'étais finalement résolue à accepter sa proposition, tout en ayant conscience qu'il me faudrait probablement, de temps à autre, céder à ses attouchements, comme lorsque nous étions adolescentes.

« Mais, après tout, pourquoi pas ? » avais-je pensé, et je les avais suivis.

Sur place, la première semaine du séjour, passée exclusivement à Cannes, sous un soleil généreux, s'est déroulée à merveille et sans histoires, hormis le fait qu'elle a été, comme je m'y étais attendue, agrémentée de quelques nuits torrides, ma foi pas déplaisantes.

Puis, un beau matin, Arielle m'a proposé de louer une voiture afin d'emprunter la grande corniche de Nice à Menton.

Dans la décapotable rouge nous emmenant sur les hauteurs d'Eze, subjuguée par la beauté des paysages, une douce euphorie m'a envahie, et, tandis que je l'admirais alors qu'elle chantait à gorge déployée, je me suis soudain rendu compte que mes sentiments à son égard évoluaient vers le trouble et je me suis sentie heureuse.

« Et si là, finalement, se trouvait ma voie », ai-je même pensé.

Mais, moins de deux heures plus tard, une banale mésaventure a suffi pour que tout basculât !

Peu après notre arrivée à Menton, tandis qu'Arielle flânait dans les ruelles de la vieille ville, je me suis rendue, à court d'argent liquide, dans la première agence dotée d'un distributeur de billets. Après avoir introduit ma carte dans l'appareil, j'ai réussi, la tête ailleurs, la prouesse de me tromper trois fois en tapant mon code secret. Conséquence inéluctable, ma carte a été avalée aussitôt. Prise de panique, je me suis ruée à l'intérieur du bâtiment et me suis précipitée, hors de moi, vers le seul guichet ouvert :

— Ma carte, votre machine a avalé ma carte, il faut me la rendre, ai-je supplié, immédiatement, au type cravaté, assis derrière le comptoir, occupé de taper sur le clavier de son ordinateur.

Il n'a pas réagi tout de suite et a continué, comme si de rien n'était, à observer son écran. Déstabilisée par son apparente indifférence, j'ai balbutié :

— Monsieur, ma carte. Avalée. Je vous en prie.

Daignant enfin lever les yeux vers moi, il m'a demandé, d'un ton ironique :

— Vous n'allez tout de même pas vous lamenter pour un vulgaire morceau de plastic doté d'une petite puce ?

Scotchée sur place, je n'ai pas compris de suite qu'il plaisantait et je l'ai fixé, sans savoir quoi lui répondre, d'un air hagard.

Alors, il m'a dit, tout sourire :

— Oh ! mais reprenez-vous ma petite dame. Je vais vous la rendre votre carte mais, en échange de ce petit service, vous me raviriez si vous acceptiez de dîner avec moi ce soir.

Je dois avouer que, dix ans plus tard, je ne comprends toujours pas comment j'ai pu accepter cette invitation ridicule qui allait pourtant bouleverser ma vie.

Et, dix ans plus tard, ce directeur d'agence, avec lequel je partage ma vie, ne s'explique toujours pas comment il a pu m'aborder de façon aussi légère.

Quoi qu'il en soit, ce jour-là, après des années de galère, mon horizon s'est enfin éclairci.

***

L'avion est en phase de descente depuis plusieurs minutes. Mes oreilles bourdonnent. Elles me font mal. Je deviens sourde.

« Vite, que cela cesse ! »

Le pilote sort le train d'atterrissage. J'aperçois par le hublot les bâtiments de l'aéroport s'approcher dangereusement.

« Nous allons nous écraser, c'est sûr ! »

Les roues touchent le sol dans un vacarme assourdissant. La phase de décélération s'ensuit aussitôt. La ceinture de sécurité me comprime le ventre.

« J'étouffe ! »

L'appareil s'arrête enfin.

Quelques passagers applaudissent.

J'ai envie de hurler.

Le jeune couple se lève.

« Ouf ! Plus que quelques minutes à patienter avant de pouvoir quitter cette bombe volante. »

J'expire profondément, enfin soulagée.

Quand, après avoir accepté son invitation, j'avais annoncé à Marco que je ne voyageais pas seule, il avait froncé les sourcils mais, bon prince, il avait consenti à ce que mon amie m'accompagne. Pour sa part, Arielle était tombée des nues lorsque je l'avais retrouvée et que je lui avais raconté ma curieuse rencontre. Guère enthousiaste au départ, elle avait cependant finalement daigné se joindre à nous et, après avoir prévenu ses parents que nous ne rentrerions que le lendemain, elle nous avait même déniché une chambre pour la nuit dans un petit hôtel.

À table, Arielle, insensible au charme de Marco, n'a pas pipé un mot durant tout le repas mais, en revanche, elle a beaucoup picolé. Moi, j'ai bu les paroles de ce bel apollon. En bon méditerranéen, il a réussi à me saouler sans même que je n'avale une goutte d'alcool. En un peu plus de deux heures, il nous a raconté toute sa vie. Mais avec beaucoup d'humour et d'autodérision. Un banquier de trente ans, beau mec, qui pourrait se la péter et qui ne se prend pas au sérieux, j'ai adoré.

Du récit qu'il nous a fait, j'ai surtout retenu qu'il a formé un couple pendant trois ans avec une Italienne, qu'un fils est né de cette union mais que, lassé d'avaler des pâtes matin, midi et soir, et éreinté par les emportements continuels et les scènes de jalousie violentes de sa moitié, il a, un beau matin, décidé d'arrêter les frais... avant d'avoir pris trente kilos et de devenir dingue.

Son grand regret, à présent, a-t-il aussi avoué, est que son fils, le petit Matthias, vit à Sanremo avec sa mère et qu'il ne le rencontre pas assez. J'en ai été bouleversée.

Il m'a également, évidemment, questionnée. Il voulait tout connaître de cet étrange petit bout de femme, à l'accent bizarre, qui avait déboulé, surexcitée, en début d'après-midi dans son agence. Avec, ma foi, beaucoup de tact, avec énormément de patience, il a essayé, tandis qu'Arielle me faisait du pied sous la table, de me décoincer un peu. J'en ai été touchée mais, peu habituée à me livrer aux autres, je m'en suis tenue à lui débiter des banalités... au risque de le perdre avant de l'avoir conquis.

Ah ! comme je me suis reproché, au moment de le quitter, après qu'il eût réglé l'addition, d'avoir été aussi minable. Je ressentais une attirance certaine pour lui mais, hélas, je n'avais pas été capable de la lui signifier.

Marco avait dû interpréter mes réponses évasives comme un manque évident d'intérêt à son égard. Je me sentais nulle, archinulle. J'étais décidément trop moche, trop conne, trop... tout pour lui.

Mais pouvais-je agir autrement ? Pouvais-je parler franchement à un inconnu rencontré, par hasard, quelques heures plus tôt ? Pouvais-je lui ouvrir mon cœur, lui confier, déjà, les tourments passés de ma vie ?

Eh bien, voilà Marco, je m'appelle Élodie, Élodie Granville. J'ai vingt ans, je suis belge et je travaille dans une grande entreprise comme technicienne de surface, comme il est convenu d'appeler les nettoyeuses maintenant.

Figure-toi, Marco, que ma vie a basculé alors que j'avais cinq ans. Fille unique, j'avais connu, jusque-là, une petite enfance radieuse. Mais, par une belle nuit d'été, tandis que je dormais paisiblement dans la chambre d'à côté, ma mère, je ne sais pour quelle raison obscure, s'est levée subitement, est allée dans la cuisine se saisir d'un énorme couteau et, armée de celui-ci, est revenue poignarder mon père dans son sommeil. Dingue, non ? Surtout si l'on sait que mes parents formaient jusque-là, aux dires de chacun, un couple parfaitement heureux et sans histoires.

Figure-toi, Marco, qu'elle s'est ensuite volatilisée et qu'on ne l'a jamais retrouvée. L'enquête, menée à l'époque, a conclu à un probable suicide dans le canal situé à quelques encablures de la maison familiale mais son cadavre n'a jamais pu être repêché...

« Oh ! elles sont délicieuses ces pâtes, non ? Qu'en penses-tu ? Tu préfères que je poursuive ? Bien. »

Ma grand-mère maternelle, Géraldine, qui venait de perdre son mari, trois mois plus tôt, d'un affreux cancer de la gorge, et dont la fille unique, après avoir trucidé son époux, venait donc de disparaître, a trouvé la force en elle, pour m'éviter l'orphelinat, de me recueillir et de m'élever...

« Jolie histoire, n'est-ce pas ? »

Effacée de ma mémoire, pourtant, car, hormis des cauchemars rémanents, rien ne subsiste en moi de ces événements. Black-out total, conséquence évidente d'un traumatisme psychologique, ont expliqué les médecins.

Ensuite, durant les années qui ont suivi le drame, rien de bien spécial à te signaler. J'étais plutôt bonne élève et d'un caractère posé. Mais, à l'adolescence, cela s'est gâté. À quinze ans, je suis tombée raide dingue d'une petite frappe du quartier, dealer à ses heures, qui aimait jouer du couteau. Inutile de te préciser qu'il m'a incitée à lâcher le bahut après m'avoir initiée à l'alcool et aux drogues. Pauvre petite conne que j'étais, j'ai laissé ce minable me déflorer comme un âne et — peux-tu le croire ? — je me suis retrouvée à l'hosto quelques mois plus tard pour me faire avorter. Inutile de te dire que notre aventure s'est terminée en eau de boudin.

Après, les aventures minables et les galères se sont enchaînées naturellement les unes aux autres. Ainsi, l'année dernière, lors de ma sortie de l'hôpital, après ma troisième cure de désintoxication, j'ai emménagé dans un appartement avec l'un de mes camarades de cure, un brave type, d'une trentaine d'années comme toi, qui était tombé amoureux de moi et qui, rapidement, a voulu satisfaire tous les désirs de sa jeune princesse. Seulement, ce brave José, charmant mais pas prince, n'était pas doué pour les affaires d'argent et, en moins de temps qu'il ne faut pour le dire, il s'est retrouvé endetté jusqu'au cou, plusieurs créanciers à sa poursuite. Acculé, il s'est suicidé, peu après, sans un seul mot d'adieu.

Lors de mon retour chez elle, mamie Géraldine ne m'a pas posé la moindre question. Elle m'a accueillie comme seule une mère peut accueillir sa fille et elle s'est démenée pour me trouver ce boulot, guère reluisant certes, mais qui me permet de me réinsérer et de survivre dans cette société que j'avais rejetée.

— Je voudrais te revoir avant ton retour en Belgique, m'a-t-il dit. Je peux passer à Cannes après-demain. Si tu le souhaites, évidemment.

Sur le moment, j'ai bien cru que j'allais m'évanouir.

Quelques semaines plus tard, je lui ai tout raconté.

Depuis, selon son humeur, il me surnomme Fantine ou Cosette.

Je l'adore.

***

Je file sur l'autoroute et j'approche de la frontière. L'autoradio de la voiture de location à puissance maximale, je retrouve de l'énergie à l'écoute de Classic 21. Il est près de vingt-deux heures et, sans incident, je devrais atteindre la maison de mamie dans moins d'une demi-heure.

J'ai déjà téléphoné à l'hôpital. Elle a quitté les soins intensifs et a été installée dans une chambre particulière. Elle est cependant toujours sous haute surveillance. Je leur ai signalé que je passerai la voir demain matin.

Il faudra aussi que je contacte Marco. Il doit se faire un sang d'encre. Quand j'y pense, c'est la première fois depuis dix ans que nous allons dormir séparément. Un amour qui dure, je n'en reviens pas. Faudrait vraiment que je me décide à accéder à son désir d'avoir un enfant avec moi. Mon psy a beau dire qu'il est préférable d'attendre que je sois prête, qu'un déclic se fasse, que tout se débloque, je m'en veux de lui refuser ce bonheur. Cela lui déchire le cœur, je le sens. Merde, comme la vie peut être compliquée, parfois. Je sais pourtant que je suis privilégiée et j'ai honte de souffrir dans mon confort douillet de femme au foyer. Les atrocités du monde ne m'échappent pas, au contraire, mais j'ai beau tenter de me raisonner, de m'obliger à raisonner positivement, de me persuader que je n'ai aucune raison à me sentir mal dans ma peau, mes angoisses, mes phobies ne sont jamais loin, toujours prêtes à ressurgir à la moindre contrariété.

***

Je viens de me garer devant la maison de mamie. C'est la première fois, depuis dix ans, que j'y reviens seule. C'est la première fois, depuis dix ans, que j'y resterai plus que quelques heures.

Avec Marco, nous avons pris l'habitude de venir rendre visite à mamie une fois par an aux alentours de Noël. Nous ne restons alors habituellement que trois jours en Belgique. Nous logeons à l'hôtel et nous en profitons pour fréquenter, dans la région, les lieux que nous affectionnons. Mamie, qui apprécie les sorties, nous accompagne la plupart du temps. Ces escapades l'éloignent de son quotidien monotone et elles l'emplissent de souvenirs qu'elle se remémorera longtemps.

Je sors de la Clio et, mon sac de voyage à la main, je me dirige prestement vers l'entrée de l'habitation.

Je suis méfiante, sur mes gardes : la nuit est tombée, la rue pavée est mal éclairée et le quartier a mauvaise réputation. Les déprédations et les agressions y sont fréquentes. À cette heure tardive, on n'y croise d'ailleurs plus personne.

La maison de rangée est vétuste. Elle a été construite au début des années soixante et n'a pas été rénovée depuis. Un rafraîchissement de la façade y serait nécessaire.

Nerveuse, j'introduis la clef dans la serrure et ouvre la porte, fermée à double tour. J'entre précipitamment et referme aussitôt derrière moi.

« Ouf ! Au moins ai-je réussi à échapper à un vol à l'arraché », me dis-je.

« Comment ai-je pu habiter, insouciante du danger ambiant, pendant toute ma jeunesse dans cette zone ? Ou, en déménageant, ai-je simplement changé de camp ? »

Le couloir est plongé dans une obscurité totale. Je sais que sur le mur, à droite, à hauteur d'épaule, se trouve l'interrupteur. Je le retrouve en tâtonnant et j'appuie. Une faible lueur surgit de l'applique fixée au plafond.

La porte séparant le corridor du salon est ouverte. Je la franchis prudemment. J'allume le lustre. Quatre de ses six ampoules électriques s'illuminent lentement. Mamie doit avoir débranché les deux dernières par mesure d'économie.

Un désordre indescriptible règne dans la pièce dans laquelle mamie a dû se résoudre à nous demander d'installer un lit médical lors de notre dernier passage. Avec l'arthrose dégénérative qui lui détruit les genoux, toute montée d'escaliers est devenue un véritable supplice pour elle. Il me faut un long moment pour saisir la raison de ce tohu-bohu, qui ne correspond pas à mamie, personne de nature ordonnée et méticuleuse.

Puis, ma lanterne s'éclaire enfin : l'intervention en urgence des services de secours ! J'imagine le chaos lors de leur passage.

« Mais comment ont-ils pu pénétrer dans la maison sans endommager la serrure ? » me dis-je alors.

Je perçois soudain un bruit bizarre provenant de la cuisine. Je tends l'oreille, pétrifiée. Je n'ai pas rêvé. Il s'agit d'un léger grattement répétitif. J'hésite, puis je m'approche à petits pas. Cela provient de la véranda. Je retiens mon souffle, m'approche de la porte, en saisis la poignée et, brusquement, je l'ouvre.

Avec le seul œil qui lui reste, il reste cloué sur place, pétrifié, la queue enflée. Il m'observe, cherche à fuir, puis s'apaise. Il s'apaise car, malgré mes rares passages, il m'a reconnue et il pousse alors un long miaulement plaintif qui me déchire le cœur.

— Tintin, mais je rêve, mais tu étais enfermé dans la véranda, mon pauvre chéri.

Ah ! mamie et sa fâcheuse habitude de nourrir tous les chats errants du quartier.

***

Minuit.

Je m'apprête à me coucher. Voilà encore une de ces journées dont je me serais bien passée.

Je viens de contacter Marco via Skype, comme il le souhaitait. Aïe, mon forfait internet a dû en prendre un sacré coup. Ou est-ce gratuit ? Je n'en ai aucune idée.

J'ai craqué lorsque le visage de Marco est apparu sur l'écran. Avant d'avoir pu lui dire un mot, j'ai éclaté en sanglots. Le trop-plein d'émotions, sans doute. Lui, comme toujours, a trouvé aussitôt les mots justes pour me consoler, me réconforter.

Maintenant, je suis apaisée.

À l'étage, je me suis installée naturellement dans la chambre que j'avais toujours occupée, celle de derrière, qui donne sur le jardin. Hormis un peu de poussière, je l'ai retrouvée telle que je l'avais laissée, il y a une décennie. Lit, armoire, affiches, posters, bibelots... Rien, absolument rien n'y a été modifié depuis mon départ. On pourrait croire qu'il s'agit de la chambre d'un enfant mort que les parents se refusent à débarrasser.

Avant de pénétrer dans mon lit, je me rends compte que j'ai oublié de me brosser les dents. Zut ! Comme la salle de bains se trouve au rez-de-chaussée, derrière la cuisine, juste avant les toilettes, il faut que je redescende. Toute une expédition. Crénom ! j'avais oublié comme cette maison est incommode.

Pourtant, je m'exécute. Il est hors de question que je me couche la bouche pâteuse.

En remontant, pour je ne sais quelle raison, me vient alors l'idée d'entrer dans l'ancienne chambre de mamie. Elle ne l'utilise plus depuis quelques mois mais l'envie irrésistible de m'y introduire me surprend. Serait-ce un besoin inconscient de retrouver des odeurs, des bribes du passé ? Il faudrait peut-être, un jour ou l'autre, que j'en parle à mon psy.

Au moment d'ouvrir la porte, j'ai l'impression de commettre un sacrilège, de franchir un interdit. Cela me déconcerte et j'hésite.

J'entre cependant et, à la vue du lit défait, des habits qui recouvrent le dossier d'une chaise placée au milieu de la pièce, des gouttes nasales et du pot de pommade posés sur la table de chevet, et, surtout, du magazine télé de la semaine traînant par terre, mon sang se glace !

***

Effrayée par ma découverte, je me suis précipitée, suffocante, dans ma chambre pour tenter de m'y barricader.

Là, le souffle court, assise contre la porte afin d'empêcher quiconque de l'ouvrir, j'ai été prise d'un accès violent de panique et je me suis mise à trembler comme une feuille durant d'interminables minutes.

Ensuite, peu à peu, le saisissement s'estompant, je me suis calmée et j'ai retrouvé la capacité de raisonner.

« Si quelqu'un loge à l'étage, dans l'ancienne chambre de mamie, celle-ci doit, obligatoirement, être au courant, ai-je pensé. Nulle raison, dans ce cas, d'être terrorisée. Demain, si son état général le permet, mamie m'expliquera elle-même ce qu'il en est et nous rirons ensemble de ma couardise. Elle a bien le droit d'accueillir chez elle qui elle souhaite, après tout. Vraiment dommage, cependant, que cette personne n'ait pas été présente la nuit dernière pour la secourir. »

Rassurée, j'ai failli rappeler Marco pour lui conter ma mésaventure mais, après avoir jeté un coup d'œil à ma montre, j'ai pensé qu'il devait être couché et j'y ai renoncé.

Puis, je suis redescendue une nouvelle fois au rez-de-chaussée afin de vérifier si je n'avais pas oublié de fermer la porte d'entrée à double tour et si j'y avais bien laissé la clef, légèrement tournée, dans la serrure.

Alors, quelque peu rassérénée, j'ai rejoint mon lit et je m'y suis affalée, épuisée, mais certaine cependant, l'esprit trop en ébullition, qu'une nuit blanche m'y attendait.

***

Pantelante, je viens de m'éveiller.

Ce cauchemar, cet affreux cauchemar qui m'a tourmentée pendant des années, et dont je croyais m'être définitivement débarrassée, a ressurgi.

« J'ai cinq ans et je viens, pour je ne sais quelle raison, de m'éveiller. Une lumière bleutée, répandue dans la chambre par la petite veilleuse à tête de chat que maman n'omet jamais d'allumer au moment de me mettre au lit, adoucit gentiment les ténèbres. Toute endormie, je me lève et, mon ours en peluche à la main, je me dirige vers la chambre de papa et maman. L'obscurité y règne. Je m'avance à tâtons, m'approche du lit et je m'y glisse en douce. Je me place entre papa et maman. Je me sens bien, tellement bien. Soudain, alors que j'étais sur le point de me rendormir, un cri de hyène transperce le silence de la nuit. Je hurle et j'ouvre les yeux. Une clarté aveuglante illumine la chambre inconnue dans laquelle je me trouve. Un liquide rouge écarlate surgit du plafond et forme, en s'écoulant, de longues traînées gluantes sur les murs avant d'atteindre le carrelage. Terrorisée, je saute du lit pour m'enfuir mais, à peine mes pieds ont-ils atteint le sol, que des mains monstrueuses m'agrippent et m'empêchent tout mouvement. Puis, peu à peu, comme s'il s'agissait de sables mouvants, je m'enfonce dans une masse visqueuse, couleur de sang. Je hurle. Je me réveille. »

Je jette un œil sur ma montre. Cinq heures trente-sept.

Je me recroqueville, tire le drap sur moi, adopte la position fœtale.

Je me sens mal. Tellement mal.

Marco, tes bras me manquent.

***

La sonnerie de mon téléphone portable me réveille en sursaut.

Le numéro de Marco est affiché sur l'écran. Je décroche. Entendre le son de sa voix me réjouit.

— Alors Cosette, je croyais que tu allais m'appeler avant de partir voir ta grand-mère. Tu me l'avais promis, hier soir, petite tête de linotte, me dit-il, d'un ton enjoué.

— Merde, Marco, il est quelle heure ?

— Quoi, tu ne vas pas me dire que t'étais encore au pieu. Eh bien, on peut dire que l'air du Nord t'est profitable, mon amour. Il est passé dix heures.

— Bordel, ce n'est pas vrai. Aie, aie, il faut que je sois à l'hôpital dans moins d'une heure. Je te rappelle tantôt, d'accord ?

— Ouais, ouais, me dit-il, goguenard. En tout cas, tu peux t'estimer heureuse d'avoir un gentil mari qui veille sur toi.

— T'es mon ange gardien, mon amour, je te revaudrai cela au centuple, lui susurré-je d'une voix sensuelle, avant de lui envoyer mille baisers et de raccrocher.

Je saute du lit, me dirige vers la salle de bains, ôte ma robe de nuit tout en marchant et, après avoir tout de même pris le temps de faire pipi, file sous la douche.

L'eau froide, qui gicle sur ma peau, me revigore. Je me savonne vigoureusement, me rince en gesticulant. Je frissonne mais savoure ce moment.

Malgré ma nuit agitée, je me sens d'aplomb. Tout n'est jamais aussi noir que l'on se l'imagine.

Puis, tandis que je m'éponge les cheveux, mon portable vibre à nouveau.

Encore Marco ?

Tout en continuant à m'essuyer le corps avec la serviette d'une seule main, je réponds :

— Allô.

C'est l'assistante sociale de la clinique.

Alors, tandis qu'elle me parle d'une voix neutre, une chappe de plomb s'abat sur mes épaules et, tétanisée, je ne peux lui répondre par d'autres mots que de brefs oui, d'accord ou OK.

Quand elle en a terminé, je la remercie poliment, je raccroche et me laisse choir lentement sur le sol, en position assise.

Puis, nue, la tête sur les genoux, les bras enserrant les jambes, un immense sentiment de solitude m'envahit.

Je suis seule, seule au monde.

Je pleure.

Je pleure mon aïeule.

Je pleure ma jeunesse.

***

Vingt-quatre heures après mon premier passage, me revoilà déjà à l'aéroport. Dans quelques minutes, la silhouette de Marco devrait apparaître tout au bout du couloir des arrivées.

Pour la dixième fois, je vérifie les données de son vol. Le terme « atterri » est affiché sur l'écran.

Je m'impatiente.

Mamie est décédée ce matin vers cinq heures trente. Son cœur a flanché.

« Cela arrive parfois, m'a dit le gériatre qui m'a reçue, chez les personnes âgées après une lourde opération. »

Je m'en veux de ne pas être passée la voir hier soir. Je me sens responsable de l'avoir abandonnée. Comme je l'avais abandonnée, une première fois déjà, il y a dix ans.

Elle était pourtant tout pour moi. Après la mort de papa et maman, elle m'avait recueillie, élevée comme sa fille, malgré sa douleur, malgré sa tristesse. Pendant quinze ans, nous avions vécu côte à côte. Pendant quinze ans, elle avait partagé mes joies, mes douleurs, mes chagrins. Ah ! comme elle a dû souffrir, à l'époque, de mes sorties de route et de mes dérapages continuels. Mais jamais elle ne m'a condamnée, jamais elle ne m'a rejetée. Et puis, un jour, le bonheur trouvé, je me suis envolée.

Il faut que je me raisonne, que je chasse ce sentiment profond de culpabilité qui m'habite et me détruit. Mon psy me l'a assez souvent répété : « Tout oiseau est destiné à quitter le nid un jour ».

Une main se pose sur mon épaule. Je sursaute et me retourne prestement.

Avant de me prendre dans ses bras, il me retire les lunettes de soleil qui me cachent la moitié du visage et me dit :

— Même avec quelques cernes autour des yeux, tu n'en as pas besoin, tu sais.

Il me sourit.

Je lui souris.

***

127

Il a pris le volant, cela me rassure. Maintenant qu'il est à mes côtés, tout deviendra plus facile. Comme toujours.

Je lui parle des tracasseries inhérentes au décès qui nous attendent, qui l'attendent. Pour l'instant, la seule décision que j'ai prise, par obligation d'ailleurs, a été le choix d'une entreprise de pompes funèbres, pour y transférer le corps de mamie.

Il me dit de ne pas m'inquiéter, que l'on réglera tout cela demain matin.

Je soupire, je lui dis qu'il a raison, puis je lui raconte ma nuit passée chez mamie. Je lui parle du chat, du lit défait dans la chambre, du magazine traînant sur le sol, de mon cauchemar, du coup de fil...

Pour Marco, puisque la serrure de la porte d'entrée était intacte lors de mon arrivée, la personne qui loge chez ma grand-mère devait nécessairement être présente lors de l'arrivée des secours.

— Tu n'imagines quand même pas qu'ils vont attendre l'arrivée d'un serrurier pour intervenir, me dit-il.

Je suis perplexe.

Je réfléchis.

Je réfléchis et je me souviens.

Lors de l'un de nos entretiens téléphoniques hebdomadaires, mamie m'avait confié que les services d'appel lui avaient demandé de leur fournir l'adresse d'un voisin chez qui ils pourraient éventuellement s'adresser pour récupérer le double de la clé de sa porte d'entrée en cas de nécessité d'intervention. Elle en avait été choquée.

« Tu te rends compte, m'avait-elle dit, confier ma clé à un voisin. Pourquoi pas mon portefeuille aussi ? »

La mémoire est curieuse. Dans quels tréfonds cette conversation lointaine, totalement oubliée jusqu'il y a quelques secondes, était-elle enfouie et comment a-t-elle pu ressurgir ?

En temps normal, je poserais la question à Marco. Ses connaissances me sidèrent. Il a réponse à tout. Mais ce soir, je suis trop lasse et je me contente d'émettre l'idée du double de clé déposé chez un quelconque voisin.

— Ouais, tu as sûrement raison, me dit-il. Ne cherchons pas midi à quatorze heures.

Quelques minutes plus tard, nous passons sans encombre la frontière. Ni douaniers, ni policiers, pour nous contrôler ! Décidément, les effectifs renforcés n'auront pas duré. Avec la multiplication des points de passage, c'était inévitable. On ne peut boucher tous les trous d'un gruyère.

— Marco, Mamie est morte à l'heure exacte à laquelle je me suis réveillée après mon cauchemar. D'après toi, cela pourrait signifier quelque chose ?

Il hausse les épaules et me répond :

— Qui pourrait le prouver ?

Puis, après un instant de réflexion, il ajoute :

— Mais qui pourrait prouver le contraire, Élodie ? Hasard, coïncidence ? Connexions psychiques ? Je n'en sais fichtre rien. Mais personne n'en sait rien, mon amour. Chacun ses convictions, c'est tout.

Je me revois, toute petite, prier tous les saints du paradis pour que papa et maman me reviennent, pour que toute cette histoire n'ait été, en fait, qu'un mauvais rêve.

Je n'ai pas été exaucée.

***

Marco insiste pour que, comme d'habitude lors de nos passages à Mouscron, nous logions à l'hôtel, situé près de la grand-place. Il a toujours aimé le confort et n'a nulle envie de passer les prochaines nuits dans cette maison qu'il a, depuis toujours, assimilée à une bicoque. Je ne vois aucune raison de lui refuser ce plaisir.

— D'accord, mais il faudrait quand même passer chez mamie pour récupérer mes affaires, lui dis-je.

Marco accepte sans broncher et, au carrefour de la Patte d'Oie, plutôt que d'emprunter la rue qui mène directement au centre-ville, il bifurque à gauche.

Moins de cinq minutes plus tard, il gare la voiture devant chez mamie. Dès qu'ils nous aperçoivent, quelques jeunes aux crânes rasés, qui discutaient bruyamment, à quelques mètres, sous un porche, cessent leur bavardage et se mettent à nous observer ostensiblement dans une attitude hostile.

— Je préfère passer ici l'hiver plutôt que l'été, me confie Marco, d'une voix basse. On se les gèle un peu plus durant cette période, mais, au moins, la présence de ces loubards, terrés dans leurs caves, nous est, alors, épargnée.

Pour toute réponse, je me contente d'un grognement, me hâte d'ouvrir la porte et l'invite à pénétrer dans la maison.

Vaguement honteuse, je n'ai pas osé lui confesser que, moi aussi, dans une autre vie, pas si lointaine pourtant, j'ai parfois passé des heures, sous ce porche, à glander et à frimer.

— Purée, quel bordel ! s'exclame Marco.

— Je t'avais prévenu. Bon, je file chercher mes affaires dans ma chambre et nous détalons.

— Oui, pendant ce temps-là, je vais jeter un œil dans la chambre d'à côté, me répond-il, en me suivant dans les escaliers.

— La chambre de mamie, ai-je le soin de préciser.

***

— Mais qu'est-ce que tu m'as raconté, Élodie ? Tout est nickel ici.

« Il plaisante ou quoi ? »

Déconcertée par sa remarque, je lâche le sac que je m'apprêtais à remplir et je le rejoins.

À la vue de la couette, parfaitement disposée, qui recouvre le lit, je reste figée.

— C'est dingue, je n'ai pas rêvé, tout de même ? lui dis-je, interdite.

Marco me regarde d'un air dubitatif, puis il hausse les épaules et me répond, d'un ton faussement sérieux :

— Sacrée Géraldine, même morte, elle n'arrive pas à supporter le désordre.

— Marco, vraiment, parfois, tu peux être très con, tu sais, lui lancé-je, légèrement excédée, alors que j'observe minutieusement la pièce.

Plus aucune trace de vêtements, de pommade, de gouttes, de magazine...

La chaise est vide et placée près de la fenêtre, à côté de la garde-robe ; la table de chevet est garnie d'un seul napperon brodé ; rien ne traîne sur le parquet, parfaitement ciré.

Je me sens soudain la tête vide et envisage de remettre sérieusement en question ma santé mentale.

Mon cœur s'emballe.

Serait-il possible que j'aie été victime d'hallucinations ?

Par bonheur, Marco, plus pragmatique que jamais, me sauve inconsciemment de la noyade :

— Dommage, vraiment, d'avoir raté l'hôte de mamie, dit-il. Enfin, une chose est sûre, tous les proprios rêveraient d'avoir un locataire pareil, qui laisse place nette après son départ.

***

Hier soir, un événement, que je croyais inconcevable en cette période douloureuse, s'est produit.

À peine entrée dans la chambre de l'hôtel, j'ai été prise d'un désir violent et irrépressible !

Sans laisser à Marco le temps de réfléchir, je me suis jetée sur lui et, telle une furie, je l'ai supplié de me prendre, là, tout de suite. Aussitôt, emporté par ma fougue impétueuse, il m'a saisi la nuque de la main droite, a approché ma figure de la sienne et, tout en me tripotant les fesses de sa main libre, s'est mis à m'embrasser goulûment sur la bouche... S'en sont suivis des moments torrides et délicieux.

L'acte accompli, je me suis endormie comme une masse, repue, et je ne me suis réveillée, sereine mais vaguement honteuse, que ce matin vers neuf heures.

Attablés dans la salle du petit-déjeuner de l'hôtel, nous mangeons tranquillement tout en nous lançant, de temps à autre, des regards tendres. Quiconque nous observerait, pourrait nous prendre pour un couple illégitime en passade amoureuse. Cela m'amuse.

Quand je lui parle de mon envie subite et, selon moi, irraisonnée de la veille, Marco croit utile de m'expliquer, d'un ton doctoral, que mon attitude n'avait rien de surprenant : pour lui, le deuil et la séparation brutale d'un être cher entraînent souvent une véritable explosion sexuelle. Plus la relation avec le disparu était proche, plus cette explosion est puissante.

Bien qu'ils soient sûrement justes, ses commentaires m'irritent quelque peu.

Pourquoi cette manie de vouloir tout éclaircir, tout comprendre ?

« Marco, cesse, veux-tu, ai-je envie de lui dire, je ne veux pas que tous mes élans, toutes mes pulsions soient décortiquées, analysées. Je préfère l'obscur, l'incertain, l'impénétrable. Je préfère le rêve, l'illusion. »

Mais je lui souris.

***

Je sors en pleurs du funérarium.

J'ai trouvé mamie belle, détendue, rajeunie. J'aime l'imaginer maintenant dans un ailleurs improbable, enfin libérée des tourments de la vie.

Mais, comme me l'a dit Marco, ceci n'est qu'un subterfuge que je m'invente pour échapper à cette sentence implacable : la mort de tout être signifie sa fin inéluctable.

« Tout porte malheureusement à croire qu'il en est ainsi, Marco, aurais-je pu lui répondre, si je n'avais été aussi lasse, mais laisse-moi entretenir, dans un coin reculé de ma tête, l'infime espoir que notre existence terrestre est moins vaine qu'elle le parait et qu'elle débouche sur un renouveau inconcevable pour nos esprits trop étriqués d'êtres vivants. »

Maintenant, tandis que Marco rejoint le préposé des pompes funèbres pour l'organisation des funérailles, je décide de rentrer à l'hôtel à pied.

Tout en déambulant dans les rues du centre-ville, animées en ce matin, jour de marché, je repense au locataire mystérieux de mamie. Comment est-il possible, me dis-je d'abord, qu'une femme aussi méfiante, aussi secrète, habituée à une vie de recluse, ait pu accueillir chez elle, dans sa propre chambre, un inconnu ? Comment est-il possible, me dis-je aussi, qu'elle ne m'ait pas parlé de cette personne lors de l'une de nos conversations téléphoniques hebdomadaires ? Mamie aurait-elle caché chez elle un réfugié clandestin ?

À vrai dire, cette idée me plaît. Si besoin en était, elle valorise mon aïeule encore davantage à mes yeux.

Arrivée dans ma chambre, je veux en avoir le cœur net et je contacte immédiatement le secrétariat du service d'intervention aux personnes isolées.

Par chance, la personne qui me répond est conciliante. Je me présente, lui explique la situation, lui communique l'adresse, le jour et le lieu de l'intervention et, comme elle me demande de patienter un peu, j'imagine qu'elle recherche dans son relevé l'identité des ambulanciers pour me communiquer leurs coordonnées.

— Voilà, Madame, j'ai trouvé le dossier, me dit la voix féminine.

« Le dossier ? »

Je suis surprise car, jamais, je n'aurais imaginé que chacune des sorties des secouristes doive être consignée officiellement dans un rapport.

Sans lui répondre, j'attends qu'elle poursuive.

— Attendez... Ah, voilà ! Je vous lis la déclaration : « Lors de notre arrivée, la porte nous a été ouverte de l'intérieur par une personne de sexe féminin que la victime, Madame Rambour, nous a présentée comme sa fille... » Bon, je continue... Je survole la suite... Non, plus aucune allusion à cette personne... Une chose est sûre, cette dame n'est pas montée dans l'ambulance pour accompagner votre parente. Cela vous satisfait-il, Madame Granville ?

— Heu, oui, merci, lui dis-je, abasourdie.

— À votre service, me répond-elle, d'un ton satisfait, avant de raccrocher.

Sa fille... Ma mère... Maman...

Le sang afflue dans ma tête et me cogne les tempes.

Le sol tangue sous mes pieds.

Il faut que je m'asseye.

Et là, soudain, je la vois surgir des ténèbres.

Et, d'aussi loin que je me souvienne, jamais, au grand jamais, l'image de maman, souriante et belle, ne m'était ainsi apparue.

***

Dès son retour, Marco a tôt fait de remarquer mon tumulte intérieur.

— Qu'est-ce qui te secoue de cette manière ? me demande-t-il en s'approchant et me prenant délicatement la main. Je sais que tu aimais ta grand-mère mais, quand même, être émotionnée à ce point ! Il y a autre chose dont tu voudrais me parler.

Décidément, ce mec a le don de percevoir le moindre trouble en moi. Je crois vraiment qu'il aurait pu être aussi bon psy que banquier.

Je hausse les épaules, pousse un profond soupir et lui demande :

— Tu ne trouves pas curieux que, plus jamais, après m'avoir recueillie, mamie ne m'ait parlé de papa et maman ? C'était comme si mes parents n'avaient jamais existé. Dans la maison, aucune photo, aucun souvenir qui puisse me rattacher à eux. Les premiers mois, quand je lui demandais de leurs nouvelles, persuadée, du haut de mes cinq ans, et comme elle me l'avait assuré, qu'ils étaient partis faire le tour du monde, elle se contentait de m'assurer qu'ils allaient bien et qu'ils pensaient beaucoup à moi.

Avant de répondre, Marco m'observe un instant, comme un prof qui observerait une élève tarée, puis il me dit :

— Chérie, nous en avons déjà discuté des centaines de fois. Tu connais ma position. Au fond, j'imagine que ton amnésie des événements l'arrangeait. Son attitude était tant pour t'épargner que pour s'épargner elle-même.

— C'est-à-dire ?

Après avoir réfléchi quelques secondes, il poursuit :

— Après avoir perdu, en quelques mois, mari et fille, mamie avait retrouvé une nouvelle raison de vivre. Plutôt que de sombrer dans la solitude et le chagrin tout en ressassant, inlassablement, les mêmes souvenirs, elle avait décidé de tout effacer brutalement pour recommencer un chapitre tout neuf de son existence, un chapitre dans lequel elle reprenait tout simplement son ancien rôle de mère, avec toi, comme petit enfant, à élever. Et, au fil des jours, quand les rares images de ta vie antérieure se sont, irrémédiablement, estompées, mamie, parfaite dans son nouveau rôle, est devenue ta seule et unique maman.

— Elle n'avait pas le droit, lui dis-je.

— Arrête, me répond-il, légèrement exaspéré par ma réaction qu'il doit juger puérile, je ne suis pas certain que mamie, en agissant de la sorte, ait pris la bonne décision, mais tu le sais, dans la vie, chacun, au gré des circonstances, est amené à faire des choix et à les assumer par la suite. Peut-être était-ce simplement au-dessus de ses forces de te reparler de tes parents. Elle a souffert aussi, ne l'oublie pas.

— Elle n'avait pas le droit, lui dis-je une seconde fois.

***

Samedi, onze heures.

La cérémonie vient de s'achever.

Mamie va maintenant effectuer son tout dernier voyage vers le crématorium.

Dans l'après-midi, nous pourrons récupérer l'urne contenant ses cendres.

Je suis frustrée. Affreusement frustrée.

Secrètement, j'espérais l'accomplissement d'un miracle.

Secrètement, j'espérais que maman assisterait à l'enterrement.

J'avais pensé apercevoir apparaître subitement dans l'assistance une silhouette que j'aurais, immédiatement, reconnue. J'avais imaginé la voir s'avancer, le regard lumineux, vers moi. J'avais espéré qu'elle m'enserrerait dans ses bras et me couvrirait de baisers. J'avais cru qu'elle m'avouerait comme je lui avais manqué durant toutes ces années. J'avais rêvé à d'impossibles retrouvailles...

Conne, je suis une conne ! Tout cela est absurde, tellement absurde.

Hormis cinq voisins, quatre employés des pompes funèbres, Marco et moi, il n'y avait personne. Personne d'autre !

Maman me déteste.

Anéantie après avoir tant espéré, je m'éloigne quelque peu pendant que Marco s'en va récupérer la voiture au parking et je m'assois seule, à l'ombre d'un chêne, sur l'unique banc du petit parc entourant la salle d'adieu aux défunts.

Curieusement, presque aussi vite, un pigeon, surgi de je ne sais où, vient se poser à mes pieds.

Et, à cet instant précis, tandis que j'observe le volatile osciller la tête d'avant en arrière, en quête d'un peu de nourriture, les images tragiques de mon passé, enfouies au plus profond de mon être depuis plus de vingt ans, remontent brusquement à la surface !

Alors, sans que je puisse les contenir, des larmes s'écoulent le long de mes joues, et l'une des toutes premières phrases prononcées par mon psychiatre, il y a très longtemps, tout au début de nos séances, me revient en tête : « Élodie, il faudra vous armer de patience mais, quoi que vous puissiez penser, je vous assure que vous n'êtes nullement responsable de la mort de votre papa ».

L'émotion me submerge.

Je suis bouleversée, en proie aux sentiments les plus contradictoires.

Je ris... je pleure...

Je ris... je pleure...

Le pigeon s'est envolé !

***

Je viens de m'éveiller, sereine.

Mon rêve était délicieux.

Une douce lueur bleutée éclaire discrètement la chambre. Je tourne les yeux vers la veilleuse, en forme de petit chat, et je lui souris.

Je me lève, je saisis mon nounours de la main droite, et, tout en baillant, je me dirige vers la chambre de papa et maman.

Papa est seul, allongé sur le dos. Il ronfle.

— Papa, papa, j'ai trop chaud dans mon lit, je veux dormir avec toi.

— Arrête Élodie, c'est la troisième fois cette semaine, ma chérie. Tu as cinq ans, tu es grande, à présent. Fini, les caprices. Dorénavant, tu dois dormir seule, petit poussin d'amour.

— Je t'en prie, mon papounet.

Sans attendre sa réponse, je me jette sur le lit et je me blottis dans ses bras.

— Pff, comme tu peux être chiante Élodie, me dit-il, irrité, avant de poursuivre, d'une voix lasse :

— D'accord, mais c'est la dernière fois. Et, surtout, tais-toi, maman a besoin de sommeil.

— Bah ! elle est même pas là.

— Chut, elle est dans la chambre d'à côté. Mes soi-disant ronflements l'exaspèrent.

Satisfaite d'être arrivée à mes fins, je me tais, je ferme les yeux et je m'endors quasi instantanément.

Plus tard, maman, occupée de crier des phrases incompréhensibles, surgit anormalement dans l'un de mes rêves. Je m'éveille.

Elle porte une chemise de nuit blanche et nous fait face, au bout du lit. Son regard noir plonge dans le mien et me terrorise. Elle va me gronder, sortir le martinet, c'est sûr. Je ne veux pas qu'elle me frappe. J'enfouis ma tête dans l'oreiller pour ne pas entendre ses récriminations.

Mais je ne l'intéresse pas. Ses reproches sont destinés à papa. Elle s'emporte sur lui :

— Non mais, tu te rends compte ? Tu dors paisiblement avec ta fille alors que je souffre le martyre. Ah ! sûr que vous formerez un joli couple tous les deux quand je serai morte.

La voix sèche de papa l'interrompt ;

— Ne raconte pas de bêtises, je t'en prie. Il ne tient qu'à toi de dormir à mes côtés. Et, dis-moi, qu'y puis-je si, sous prétexte que tu ne souhaites pas être empoisonnée, tu refuses de prendre les cachets que le toubib t'a prescrits pour ton mal de tête. Merde Adeline, faut te faire soigner, et vite ! Ma patience a des limites, tu sais. Je t'aime de tout mon cœur, mais je ne désire pas, pour autant, devenir ton punching-ball attitré.

Le visage de maman devient blême. Elle hurle :

— T'es qu'une ordure, rien qu'une ordure. J'ai tout sacrifié pour toi et voilà le résultat : Monsieur préfère sa fille chérie et rejette son épouse, au ventre trop plissé et aux seins trop tombants depuis qu'elle a accouché de sa vilaine progéniture. Franck, je te hais ! Je vous hais ! Allez au diable !

Puis, elle tourne les talons et quitte la chambre en claquant la porte.

Épouvantée par les paroles cruelles que je viens d'entendre, je me serre, le plus possible, auprès de papa et commence à sangloter.

— Ce n'est rien, ce n'est rien du tout, me dit-il, d'une voix douce mais chevrotante. Maman est en pleine dépression et doit accepter de se faire soigner, c'est tout, ma chérie. Dans quelques jours ou quelques semaines, cela s'arrangera et elle redeviendra notre brave maman, je t'assure.

— Ce n'est pas de ma faute, alors ?

Je ne crois pas qu'il ait eu le temps de me répondre !

Les dernières images qui me reviennent sont celles de maman, tout d'abord, couteau à la main, robe de nuit ensanglantée, regard perdu ; celles de papa, ensuite, regard déchirant, mains posées sur la poitrine de laquelle s'écoule un sang rouge vif, tachant vilainement les draps ; celles de la chambre, enfin, lit défait, habits de papa recouvrant le dossier d'une chaise placée au milieu de la pièce, gouttes nasales et pot de pommade posés sur la table de chevet et, surtout, bizarrement, un magazine télé traînant par terre !

***

Rideaux tirés, la chambre de l'hôtel est plongée dans la pénombre.

Allongé à mes côtés, sur le lit, Marco m'a écoutée attentivement, sans m'interrompre.

Perdu dans ses pensées, il ne réagit pas immédiatement.

J'attends, curieuse, l'interprétation qu'il fournira de cette réminiscence brutale, en pleine conscience, de ces moments douloureux de mon enfance.

Après un temps interminable, il sort enfin de sa léthargie et me dit :

— Il aura fallu plus de vingt ans, des centaines d'heures d'analyse et, finalement, la mort de mamie, pour que toute ton histoire te revienne en mémoire. C'est dingue, non ?

— Je ne crois pas que dingue soit le terme le plus approprié, lui réponds-je, déçue par sa réponse, trop terne à mon goût.

Sans réagir du tout à ma remarque, il ajoute :

— Les arcanes de la mémoire et de l'imagination, quand même ! C'est incroyable, tu entres dans la chambre de mamie et, bang, surgissent en toi des images du passé tellement fortes que tu les crois réelles. Sidérant ! Ah, oui ! réellement sidérant !

Dingue, sidérant... Je me dis qu'il faudrait peut-être que je révise mon jugement : tout compte fait, le monde de la finance convient sûrement mieux à Marco que celui de la psychanalyse.

Amusée par cette pensée cocasse, je souris intérieurement.

— Heureuse, pour une fois, de pouvoir te surprendre, lui dis-je alors, pour le charrier un peu.

— Mais, quand même, me demande-t-il, as-tu la moindre idée de l'identité de la personne qui se trouvait dans la maison lors de l'arrivée des secours ?

— J'espérais que tu pourrais me l'expliquer, lui dis-je, en lui tapant gentiment sur les fesses.

Oublier, tout oublier !

De vieux amis

1. <u>Alexandre</u>

Dans l'attente de l'arrivée d'Océane et Thomas, tandis que Laurette s'apprête dans la salle de bains, Alexandre s'est installé dans le fauteuil de cuir placé dans le living, face à la baie vitrée, un verre de single malt à la main.

Confortablement assis, il s'amuse, tout en rêvassant, à contempler la mer reprendre, peu à peu, possession des lieux et obliger ainsi les derniers estivants, qui profitaient de la fraîcheur, toute relative, de ce début de soirée sur la plage, à ramasser sacs et serviettes et à se réfugier sur la digue.

Depuis plus d'un mois, la canicule règne sur le pays. Aujourd'hui, une nouvelle fois, les températures ont été particulièrement élevées et, bien qu'il soit déjà près de dix-neuf heures, le thermomètre, placé à l'ombre, sur le balcon, indique encore vingt-cinq degrés.

« Pas de doute, le climat se détraque, pense Alexandre. Si, même sur la côte normande, début septembre, en bord de mer, le manque d'air se fait cruellement sentir, la situation devient vraiment alarmante. »

Fataliste, il hausse les épaules puis il porte le verre de whisky à ses lèvres et avale lentement une gorgée de ce précieux alcool qui, tout en lui brûlant légèrement la gorge, suscite en lui une douce euphorie.

Ah ! comme il se sent bien. Bigrement bien.

À dire vrai, la vue des flots l'apaise. Jamais, il ne se lasse du mouvement continu et perpétuel des marées.

Pourtant, il y a six ans, quand son épouse, qui allait fêter son quarantième anniversaire et qui n'en pouvait plus de leur exil lointain, lui avait demandé, comme cadeau d'anniversaire particulièrement surprenant, de revendre leur loft, situé en plein centre-ville d'Ottawa, pour venir s'installer dans cette villa du siècle passé, dont elle était tombée sous le charme en la découvrant par hasard sur Internet, il avait, après avoir compris qu'elle ne plaisantait nullement, tenté de la dissuader par tous les moyens de cette idée absurde.

En fait, à l'époque, il ne pouvait s'imaginer rentrer au pays pour vivre, quasi comme un ermite, dans un ancien village de pêcheurs, doté d'une unique supérette, loin de toute animation.

— Laurette, pas à notre âge, quand même ! avait-il dit à son épouse.

— Pourquoi pas ? avait-elle demandé.

— Laurette, ôte-toi de la tête, je t'en prie, cette idée farfelue, lui avait-il répondu. Te rends-tu compte que tu veux m'emmener dans un bled ? Un bled fréquenté uniquement deux mois par an par les touristes, en pleine saison, et complètement déserté l'hiver !

Puis, alors qu'elle le suppliait de céder, il s'était écrié :

— Jamais, au grand jamais, tu m'entends.

Il avait tort, il le sait aujourd'hui, et Laurette avait eu bigrement raison d'insister, de longues semaines, à lui en casser les oreilles, jusqu'à ce qu'il accepte.

À présent, pour rien au monde, il ne voudrait faire marche arrière et replonger dans l'agitation urbaine. Avec le temps, il s'est même découvert une véritable âme d'écolo.

— Alexandre, tu ne trouves pas que cette robe me boudine affreusement, mon pilou ?

Une fois de plus, Laurette l'a surpris. Pourtant, il devrait le savoir, après toutes ces années passées avec elle, que la démarche de son épouse est aussi silencieuse que celle d'un félin.

Il se retourne et l'observe un instant, la mine renfrognée.

Un sourire moqueur illumine le visage de Laurette. Elle sait qu'il déteste qu'elle l'affuble de ce sobriquet ringard. Alors, évidemment, elle ne s'en prive pas.

Vêtue d'une robe de laine noire qui lui moule parfaitement les formes, les bras écartés, épanouie, elle attend patiemment sa réponse.

— Attends que je chausse mes lunettes pour te voir un peu plus clairement minette, lui dit-il, pour se venger.

Chagrinée, à son tour, par le surnom qu'il vient de lui attribuer, elle soupire et lui répond, d'un ton cassant :

— Vite, je t'en prie, la table du dîner est dressée mais je dois encore préparer celle pour l'apéritif.

— T'es ravissante avec tes cheveux humides et cet accoutrement qui me donne furieusement envie de me jeter sur toi et de te prendre à même le tapis, lui répond-il aussitôt, d'une voix suave.

— Pff, arrête de plaisanter et va plutôt te changer, lui rétorque-t-elle du tac au tac.

— Me changer, me changer ! Mon polo et mon jean ne te plaisent pas, peut-être ? lui lance-t-il, alors, réellement ennuyé. Non mais, rassure-moi, c'est bien notre fils Thomas, celui qui partage notre intimité depuis près d'un quart de siècle, que nous accueillons pour dîner ? Ou aurais-je raté un épisode ? Aurions-nous, ce soir, plutôt la joie d'accueillir l'un ou l'autre consul ou ambassadeur dans notre ravissante demeure ?

— Mon Dieu, Alexandre, comme tu peux être lourd, parfois, lui répond-elle. Mets-toi un instant à la place de ton fils unique dont la promise va rencontrer, pour la première fois, les parents. Cela te plairait si ton vieux te recevait chez lui en haillons ?

— Ton vieux, ton vieux ! Laurette, par moments, t'es sacrément chiante, tu sais, lui dit-il, vaguement vexé, avant, cependant, de se lever pour obtempérer.

Puis, alors qu'il s'apprête à sortir de la pièce, il lui crie, sans se retourner :

— Si tu considères mon Levi's et mon Lacoste comme des loques, tu n'as vraiment aucun goût, minette.

Et, tandis qu'il claque la porte violemment derrière lui, il l'entend murmurer entre les dents :

« Minette, minette, je t'en foutrais des minettes, gros connard de pilou. »

« Elle râle et son langage en prend un sacré coup », pense-t-il.

Cela l'amuse.

2. <u>Laurette</u>

Dix-neuf heures trente : ils ne devraient plus tarder, pense Laurette. Après cette journée torride, l'apéro au champagne, sur la terrasse, ce sera parfait.

Mon Dieu, j'espère quand même qu'Océane est de bonne famille et qu'elle aime le champagne ! Mais qui n'aime pas le champagne ? De toute manière, elle devra s'en satisfaire. D'ailleurs, si cette jeune dame, qui souhaite m'enlever mon fils, veut me séduire, moi, sa future belle-maman — dites-moi que je rêve ! —, elle a tout intérêt à apprécier ce breuvage d'exception.

Ah ! boire une coupe à petites gorgées, et sentir toutes ces perles cristallines exploser dans votre palais, procure une sensation indéfinissable... presque jouissive.

Pauvre Alexandre, homme sans goût, qui ne jure que par le whisky. Mais tant pis pour lui : ce soir, champagne pour tous !

Seigneur, comment les années ont-elles pu défiler aussi vite ? Je ne peux imaginer qu'Alexandre fêtera son demi-siècle dans quelques mois. Ah ! je le revois, comme si c'était hier, tenter de me séduire maladroitement dans cette minuscule taverne espagnole proche de l'hôtel où je passais des vacances avec mes parents et ma sœur.

Je venais d'avoir vingt ans ; il en avait vingt-quatre, l'âge de Thomas aujourd'hui. Que dire, sinon que le temps a passé, que la boucle est bouclée.

À peine un an après notre rencontre, ce jeune homme, devenu entre-temps mon mari, m'emmenait en trombe à la clinique pour que j'y accouche d'une petite chose toute fripée d'un peu plus de trois kilos...

Zut ! L'émotion me gagne. Il ne manquerait plus que je verse une larme. Avec l'âge je deviens, décidément, beaucoup trop sentimentale. Mais, flûte, ma vie, tout au long de ces années, a été, tout de même, loin d'être idyllique. Je ne peux oublier les galères.

Bon, je me servirais bien une petite coupe, moi.

— Tu n'as pas oublié les amuse-gueule ? lui demande soudain Alexandre, qui a ressurgi dans la pièce.

Il est vêtu d'un pantalon et d'une chemise de lin, couleur crème, et a chaussé des espadrilles assorties.

Elle le regarde et le trouve séduisant dans cette tenue. Son physique supporte aisément le poids des années. Il vieillit bien.

— Avec ce temps, le traiteur m'a conseillé de laisser le tout à la cave le plus longtemps possible, lui répond-elle.

— J'espère qu'elle aime la cuisine japonaise, lui dit-il. Nous aurions peut-être dû opter pour des pizzas.

— Arrête, lui lance-t-elle, légèrement irritée, laisse-moi croire qu'il existe encore, en ce bas monde, quelques jeunes qui apprécient d'avaler autre chose que des hamburgers ou des pizzas.

— Tant qu'il y a du coca, lui répond-il, d'un ton blagueur.

Comme elle sait que le temps manque pour s'engager avec lui dans une de leurs habituelles et interminables joutes verbales auxquelles ils se livrent à coups de reparties piquantes, et qui, invariablement, se terminent par son abandon à défaut de munitions, elle se contente de sourire et de lui tapoter les fesses.

— Plus fermes que les tiennes, lui dit-il.

— Hum, tu te surestimes, mon ami, lui répond-elle avant de poursuivre :

— Oh ! et si tu pouvais éviter de nous enquiquiner toute la soirée avec ton super boulot d'expert-comptable en ligne, cela serait parfait !

— Oui, bien sûr, mon amour. Et éviter les sujets qui fâchent aussi, probablement. Bref, ne parler que de sport, donc, ma chérie.

— Si cela aussi, tu pouvais t'en dispenser, répond-elle en lui tirant la langue, comme le ferait une gamine espiègle.

— Une carpe, je serai muet comme une carpe, je te le promets, lui dit-il avant de se jeter brusquement sur elle et de l'embrasser goulûment sur la bouche.

« Ah ! comme la vie serait morne et insipide sans sexe », pense-t-il.

« L'horrible sagouin, il va me massacrer tout mon maquillage », se dit-elle.

3. <u>Thomas</u>

— Maman, n'insiste pas, je t'en prie, Océane ne boit jamais d'alcool.

— Allons, une larme de champagne n'a pourtant jamais causé de tort à quiconque.

Pff ! Thomas s'en doutait. Moins d'un quart d'heure après leur avoir présenté Océane, cela déraille déjà. Les affirmations à deux balles commencent à tomber.

« Mais pourquoi se sont-ils sapés comme de parfaits petits-bourgeois de province pour nous recevoir ? se demande-t-il. Dans le style faussement cool mais friqué, c'est réussi. Je les ai connus plus détendus. Je parierais que, à l'heure du dessert, maman boira son café l'auriculaire dressé. Si elle s'imagine que c'est de cette manière qu'elle séduira Océane, c'est râpé. Allez, faut que je reste zen. Leur intention est bonne. Pour une fois que je daigne leur présenter une de mes amies, ils veulent faire bonne figure. Ils doivent s'imaginer que, ce coup-ci, ça y est : leur fils a trouvé la femme idéale, celle avec laquelle il va, enfin, s'engager sérieusement dans la vie. Bingo ! Ils ne vont pas être déçus. »

— Et si vous nous parliez un peu de vous, Océane ? demande, soudain, Alexandre.

Thomas se raidit.

« Vlan ! Nous voilà dans le vif du sujet, pense-t-il. Après les banalités d'usage, première question directe du paternel. C'est parti pour l'interrogatoire en règle. »

Océane se racle la gorge, avale une gorgée d'eau pétillante, pose son verre sur la table basse et, en regardant Alexandre droit dans les yeux, elle lui répond :

— Que souhaitez-vous apprendre à mon sujet, Monsieur ?

Il détourne le regard. Elle vient de marquer le premier point. Après un bref moment de réflexion, il lui répond :

— Tutoyons-nous et appelons-nous par nos prénoms, ce sera plus sympa et moins guindé, non ?

— D'accord Alexandre, lui répond-elle, du tac au tac, avant de s'adresser à maman :

— Délicieux tes zakouski, Laurette. Tu les as préparés toi-même ?

Laurette, surprise par cette soudaine familiarité, tente d'avaler précipitamment le toast au caviar qu'elle venait de porter en bouche et, tout en déglutissant, lui répond :

— Non, non, le traiteur nous les a livrés. C'est plus simple, non ?

Thomas intervient :

— Et probablement meilleur aussi !

Sa mère, ne sachant s'il plaisante, sourit bêtement, sans réagir. Océane en profite pour, d'une voix assurée, répondre à Alexandre :

— Ainsi Thomas ne vous a, réellement, jamais parlé de moi. Il m'avait dit qu'il préférait vous réserver la surprise, mais je n'avais pas cru qu'il puisse être cachottier à ce point.

Voilà, j'ai vingt-trois ans, je suis originaire de Caen, où j'habite toujours d'ailleurs. J'ai effectué des études de bibliothécaire et je suis gérante dans la librairie de mes parents, librairie fondée, il y a près de cinquante ans, par mon grand-père maternel, un brave homme, apprécié de tous, mais décédé, hélas, alors que j'étais encore bébé.

De nos jours, la concurrence est rude dans notre secteur, mais nous tentons, en offrant à notre clientèle un service de qualité, de résister, tant bien que mal, aux grandes surfaces et commerces en ligne.

Dans cette optique, il y a quatre mois, deux semaines et trois jours exactement, je me suis coupée en quatre pour aider un jeune homme, qui avait franchi le seuil de notre magasin, à retrouver un livre rare qu'il souhaitait offrir à son amie.

Comme, après de nombreuses recherches, j'ai eu le plaisir de pouvoir lui dénicher ce bouquin, il a beaucoup apprécié et, pour me remercier, il m'a invitée à prendre un verre, ce que j'ai accepté de bon cœur.

Puis, dans la mesure où il ne me laissait pas indifférente, je lui ai proposé, sans l'ombre d'une hésitation, de passer chez moi, où... ce qui devait arriver arriva !

Enfin, rassurez-vous, finalement, le fameux livre a, quand même, pu être offert... mais comme cadeau de rupture ! Assez cocasse, non ?

Et, depuis lors, nous vivons, tous deux, le parfait amour.

Une histoire parfaitement immorale, ne trouvez-vous pas ?

Bang ! Époustouflé par Océane, Thomas, tout en portant à ses lèvres son verre de champagne, observe ses parents du coin de l'œil pour guetter leur réaction.

Si celle de sa mère, choquée et sonnée pour le compte par l'aplomb d'Océane, ne l'étonne qu'à moitié, celle de son père, par contre, le surprend. Lui, habituellement impassible en toutes circonstances, s'est tassé sur son siège et son teint est devenu blafard, comme s'il était soudain en manque d'oxygène.

« Mince, même si Océane a rapporté, de façon très directe, le récit de notre rencontre, le comportement de mes vieux est vraiment sans aucune mesure avec ce qu'elle représente, se dit-il. Ce n'est, tout de même, rien d'autre que l'histoire banale d'un type qui partageait ses moments de solitude avec une nana qu'il appréciait mais qui, un jour, est tombé réellement amoureux d'une autre. Est-ce si grave à leurs yeux ? Se seraient-ils installés à ce point dans le conformisme ? Devrait-on, au nom de je ne sais quelle morale, rester fidèle pour la vie à une femme sous prétexte que l'on partage son appartement et que l'on couche avec elle ? »

Thomas ne peut imaginer un seul instant que ses parents puissent raisonner de cette façon.

Mais qu'en est-il, alors ?

Le temps lui manque pour approfondir et tenter de trouver une réponse à sa question car le moment est venu de leur annoncer la grande nouvelle.

— Océane et moi allons nous marier le mois prochain, leur dit-il.

Arrachée à sa léthargie par l'annonce de son fils, Laurette, d'un air faussement joyeux, s'exclame aussitôt :

— Mon Dieu, comme c'est merveilleux.

Avant d'ajouter, aussi vite :

— Et si nous passions à table maintenant !

4. <u>Océane</u>

La vue du plateau de sushis accentue le désarroi d'Océane.

« Moi, qui ne supporte déjà pas le poisson cuit, je suis gâtée », se dit-elle.

Après s'être servie, et comme personne à table ne pipe mot, tout en grignotant l'un ou l'autre morceau de ces affreux poissons crus, elle se réfugie dans sa bulle et peste contre elle-même :

« J'ai raté mon entrée, il n'y a pas de doute. L'ambiance est plus que sinistre depuis que j'ai révélé l'histoire de notre rencontre.

Pourtant, Thomas m'avait présenté ses parents comme des gens sensibles, ouverts aux autres, au sens de l'humour développé... Sensibles et ouverts aux autres : mon œil. Des rigoristes, oui ! Quant à leur sens de l'humour ? S'ils en ont, il est vraiment bien caché.

Mais, regardez-les. Ah ! je suis vraiment ébahie par leur prostration.

Zut ! tout cela est de ma faute : je n'aurais pas dû être si directe, leur parler de l'autre... et tout ça. C'est vrai, quoi ! Ils sont en couple depuis des années, ils sont restés fidèles tout ce temps — enfin j'imagine —, ils doivent donc me percevoir, après mon déballage, comme une briseuse de ménage, une gonzesse de bas étage, une voleuse de mecs.

Allons, il faut que je fasse un effort pour Thomas, que je reprenne le dessus. Il faut que je sois à la hauteur des espérances de ses parents. »

— Délicieux tes sushis, chère Laurette. Oui, vraiment ! Habituellement, je déteste le poisson, mais là ! Là !

Océane déteste le mensonge mais il faut bien colmater les brèches, tenter de sauver ce qui peut l'être encore.

Laurette la regarde, l'air incertain. Elle saisit sa coupe et la vide d'un trait.

Océane est sidérée. Elle ne croit pas avoir déjà rencontré une femme capable d'écluser à une telle vitesse. La vieille doit déjà avoir avalé plus d'une bouteille de champagne.

— Il en reste. Ressers-toi, Océane, je t'en prie, lui dit enfin Laurette, d'une voix brisée.

Océane est désarçonnée. Elle a, maintenant, la nette impression que la mère de Thomas va craquer et se mettre à sangloter. Pour sa part, l'air de rien et tout en restant silencieux, Alexandre lui lance, de temps à autre, des regards en coin, qu'elle ne réussit pas à interpréter. Son air de chien battu fait peine à voir. Pour un peu, l'envie de le prendre dans ses bras pour le consoler d'elle ne sait quelle grosse désillusion, la prendrait.

« Suis-je donc à tel point piteuse à leurs yeux ? » s'interroge-t-elle avant de se forcer à demander à Alexandre, d'un ton intéressé :

— Ainsi, vous travaillez ici. Pouvoir exercer sa profession dans un bureau, à domicile, face à la mer, cela doit être particulièrement agréable, non ?

Lentement il relève la tête, qu'il avait plongée dans son assiette, l'observe un instant, d'un air morne, et lui répond :

— Désolé Océane, mais il y a des sujets de conversation que mon épouse m'interdit d'aborder avec les invités.

« Il plaisante là, ou quoi ? » se demande-t-elle.

C'en est trop pour elle. L'envie de se lever et de quitter ces abrutis sur-le-champ la saisit.

— Pour l'amour du ciel, papa, maman, pourriez-vous nous dire ce qui se passe avec vous ? Qu'avons-nous bien pu faire ou dire qui vous chagrine à ce point ? Si vous préférez que nous partions, dites-le, merde. Franchement, je ne vous reconnais plus. C'est la première fois que je vous vois dans un tel état. Vous êtes camés, ou quoi ?

Thomas a saisi l'amertume d'Océane et est intervenu, en élevant la voix, avant qu'elle n'explose.

Ses paroles semblent avoir secoué, quelque peu, son père qui, enfin, réagit assez posément :

— Non, non, vous n'y êtes pour rien, mes enfants. Je suis sincèrement désolé. Veuillez nous excuser pour notre attitude, qui peut vous paraître, c'est vrai, déconcertante, mais Laurette et moi... Après tout, peu importe. Allez, nous allons nous reprendre, n'est-ce pas Laurette ?

— Oui, oui, évidemment, répond celle-ci, pourtant visiblement toujours choquée. Allons mon chéri, ressers-nous une coupe !

Aussitôt, Alexandre, qui a soudainement retrouvé un semblant d'entrain, se lève et, tout en remplissant les verres, demande à Océane, d'un ton faussement désinvolte :

— Dis-moi Océane, tu ne serais pas la fille d'Armelle et Olivier, tout de même ?

— Vous connaissez maman et papa ? lui répond-elle, surprise.

Puis, alors qu'elle perçoit furtivement un voile obscurcir le regard bleu d'Alexandre, et avant que celui-ci puisse lui rétorquer quoi que ce soit, Thomas s'interpose et annonce fièrement à ses parents :

— Et tout comme les parents d'Océane ont pu l'être en l'apprenant, j'espère sincèrement que vous serez également enchantés à l'idée de devenir grands-parents dans quelques mois !

5. <u>Armelle</u>

— Océane, tu ne vas pas me dire que Thomas est le fils de Laurette et Alexandre ? Pas eux ! Rassure-moi, je t'en prie, avoue-moi que tu me racontes des sornettes.

— Maman, que veux-tu que je te dise ? J'ai été surprise, tout autant que toi, lorsque son père m'a demandé si j'étais ta fille. Comment aurais-je pu imaginer, un seul instant, que tu pouvais les avoir fréquentés dans ta jeunesse avant leur départ pour l'Amérique ? Mais, après tout, qu'est-ce qui te dérange ? Est-ce donc tellement important ? Vous vous êtes quittés en mauvais termes et vous êtes restés en pétard depuis lors, c'est ça ? C'est pour cette raison qu'ils ont l'air tellement embarrassé ?

— En pétard ? Non, non, pas du tout... Ils avaient déménagé et... Mais, dis-moi, pourquoi ne m'avais-tu pas dit plus tôt qu'ils sont originaires de Caen et que, avant de revenir s'installer dans ce village sur la Côte d'Albâtre, ils avaient résidé au Canada ?

— Maman, au vingt et unième siècle, il arrive que les gens déménagent et partent vivre au bout du monde, tu sais. De toute manière, pourquoi aurais-je dû, avant même que notre relation ne devienne sérieuse, te parler des parents de Thomas ?

— C'est inouï, totalement inouï ! Figure-toi que, à l'époque, ils avaient quitté Caen pour Ottawa avec l'idée de ne plus jamais remettre un pied sur le sol français. Plus jamais, tu m'entends !

— Et alors ! Pourquoi n'auraient-ils pas eu le droit de changer d'avis ? Mais arrête d'en faire toute une histoire, maman. C'est tout, sauf dramatique. Sois plutôt heureuse, puisque tu vas bientôt les revoir. Bon, écoute, je file à la librairie mais il faudra que tu m'expliques tout ce soir. J'en ai ma claque de vos mines allongées. De toute manière, que vous le vouliez ou non, Thomas et moi, nous nous aimons et rien, ni personne, ne pourra s'opposer à notre amour.

— Tu ne termines pas ton café avant de partir ?

— T'as vu l'heure, maman ? Il est près de neuf heures. Si nous voulons échapper au dépôt de bilan, ce n'est pas le moment d'ouvrir le magasin avec retard, crois-moi. Allez, bisous, maman d'amour.

— Tu as raison, ma chérie. Vas-y. Je te rejoindrai avec papa vers onze heures. À tantôt.

Océane sortie, Armelle s'assoit. La tête lui tourne. Elle a l'impression désagréable qu'elle va s'évanouir. Peu à peu, elle tente de reprendre ses esprits, de raisonner calmement, posément.

« Ah ! pour un choc, c'est un choc. D'une violence inouïe. Un véritable séisme. Mince, si Océane pouvait imaginer à quel point je suis bouleversée. Je suis réellement anéantie. »

Elle ferme les yeux, respire profondément, paisiblement, essaie de dominer son angoisse :

« Allons Armelle, reprends possession de ton corps et de tes émotions. Sois sereine. Visualise-toi dans un endroit que tu apprécies particulièrement. Évacue cette tension qui te paralyse l'esprit. Encore. Encore et encore... »

Ouf, la sophrologie l'aide. Elle sent qu'elle remonte à la surface. Elle va s'en sortir. Elle a bien cru pourtant s'enfoncer, à nouveau, dans une de ces crises d'angoisse qui vous dévastent, une de ces crises dont on ne sort jamais totalement indemne. Mais, quoi qu'il arrive, elle ne veut plus reprendre de psychotropes. Plus jamais. Juré ! Elle en a trop abusé dans le passé.

La crise passée, elle se prépare un expresso corsé, à l'arôme enivrant. Pas l'idéal pour sa tachycardie, elle le sait, mais elle n'imagine pas, pour autant, se priver, à jamais, de ce délicat plaisir de l'existence.

Après quelques minutes, la voilà, enfin, à nouveau totalement apaisée, rassurée.

En y réfléchissant, elle se souvient maintenant que le jour où elle a rencontré Thomas pour la première fois, elle avait eu, immédiatement, la nette impression de le connaître, de l'avoir déjà croisé auparavant. Mais, bien sûr, elle n'y avait pas prêté attention. Elle s'était imaginé qu'elle l'avait tout simplement déjà aperçu dans la librairie et elle avait chassé cette idée de son esprit. Mais, en fait, la ressemblance avec l'Alexandre qu'elle avait connu à l'époque est tellement frappante, tellement évidente — les mêmes traits, la même dégaine, la même façon de s'exprimer... — que, même après tant d'années, ce lien de parenté manifeste aurait dû lui sauter aux yeux !

Alors qu'elle se reproche son manque de perspicacité, des bouffées de chaleur l'assaillent. Elle désespère. Ces épisodes de sudation soudaine la démolissent. Avec ses problèmes hormonaux récurrents, elle en souffre fréquemment. Elle sent la transpiration s'échapper des pores de sa peau et les gouttes s'écouler le long de son dos. Elle se sent moite, sale, et avec la journée étouffante encore annoncée pour aujourd'hui, cela risque de ne pas s'améliorer. Elle pleure.

Soudain, il lui semble percevoir au loin, très vaguement, malgré le soleil éclatant qui, si tôt dans la matinée, rayonne déjà dans le ciel bleu azur, le tonnerre gronder.

« Dois-je y déceler un signe ? se demande-t-elle. Hier aussi, pour moi, rien ne semblait devoir obscurcir mon horizon. Et pourtant, soudain, tous ces événements

161

horriblement dérangeants, que je croyais enfouis à jamais, ressurgissent aujourd'hui dans ma vie. »

Elle doit annoncer la nouvelle à Olivier. Elle lui apprendra dès qu'il sera éveillé.

Elle craint sa réaction.

6. <u>Olivier</u>

Armelle l'a anéanti au saut du lit !

Olivier, encore mal éveillé, est abasourdi.

« Thomas est le fils de Laurette et d'Alexandre ! »

Depuis que son épouse l'a prononcée, cette phrase résonne en écho dans sa tête.

Il en avait toujours été persuadé : un jour ou l'autre, toute cette histoire scabreuse referait, inévitablement, surface.

Sous la douche, tandis que le jet glacial qui gicle sur sa peau le revigore quelque peu, il se repasse, une nouvelle fois, les images de ce mauvais film.

Ils avaient quitté leur studio, devenu trop étroit après la naissance d'Océane, et venaient d'emménager, depuis quelques jours à peine, dans la villa, assez vétuste certes mais proposée à un bon prix, qu'ils avaient louée à une tante d'Armelle, quand Laurette et Alexandre sont venus leur rendre visite.

Que leurs voisins les plus proches se pointent chez eux, sans y avoir été conviés, un soir, à près de vingt heures, pour faire connaissance, l'avait énormément contrarié. De nature solitaire, il avait trouvé cette intrusion dans leur nouvelle demeure pour le moins choquante. Après avoir ouvert, il avait d'ailleurs failli laisser ces importuns moisir sur le pas de la porte mais Armelle était intervenue et les avait invités à entrer. Sans qu'il le souhaite, Alexandre Degas, Laurette, son épouse, et Thomas, leur fils qui venait de fêter son troisième anniversaire, avaient ainsi investi leur univers.

Cependant, le charme avait opéré très vite et le soir même, avant que les dames aient terminé leur troisième coupe de champagne et que les hommes aient vidé, aux trois quarts, une bouteille de whisky, les deux couples s'étaient découvert de nombreux points communs et avaient déjà pressenti qu'ils deviendraient inséparables.

Et, effectivement, moins de six mois après leur première rencontre, ils étaient devenus les meilleurs amis au monde et ils passaient rarement plus d'une semaine sans se réunir, tantôt chez l'un, tantôt chez l'autre, sans véritable but, si ce n'est celui de partager un moment agréable.

Enfin, cela, tout le monde le croyait.

Le jour où Louis, son beau-père, un homme de près de soixante-dix ans, aux yeux bleus et aux cheveux blancs, dont l'épouse était décédée lors de l'accouchement d'Armelle, et avec lequel elle et lui travaillaient comme associés, lui avait confié, pour la xième fois, qu'il comptait sur lui pour assurer la pérennité de sa librairie, il avait senti, à la façon hésitante qu'il avait de s'exprimer, que le vieil homme souhaitait l'entretenir de choses sérieuses et il l'avait prié de s'adresser à lui comme il le ferait à son fils. Louis l'avait remercié et, au regard sombre qu'il avait pris alors, il avait cru un instant qu'il allait lui annoncer sa mort prochaine.

— Olivier, mon brave Olivier, lui avait-il dit, je n'ai pas pour habitude, tu le sais, de me mêler de votre vie privée et je n'ai jamais prêté attention aux ragots qui peuvent circuler dans le quartier et me parviennent ensuite, inévitablement, aux oreilles mais...

— Mais ? avait-il dit, d'un ton interrogateur, alors que Louis s'interrompait, très embarrassé, pour l'inciter à poursuivre.

— Mais Charles, notre vieux manutentionnaire Charles, en qui j'ai une confiance aveugle, m'a assuré avoir aperçu Armelle et ton ami Alexandre s'embrasser dans la réserve.

Sans tressaillir, il lui avait répondu, du tac au tac, d'une voix assurée :

— Louis, je ne vois que deux explications possibles à cette révélation farfelue de Charles : soit il est de mauvaise foi, soit il est urgent qu'il passe chez l'ophtalmologue. Allons, franchement Louis, pouvez-vous imaginer, un seul instant, votre fille Armelle céder aux avances de mon ami ? Je présume qu'elle aura profité de la présence d'Alexandre au magasin pour lui demander de l'accompagner dans la réserve afin de l'aider à remonter l'un ou l'autre carton de livres. Risible, absolument risible ! Ah ! vraiment, de nos jours, l'amitié sincère dérange. Le monde n'est que jalousie, Louis, je vous l'assure.

— Sûrement, lui avait dit Louis, d'une voix humble, en baissant la tête. Oui, sûrement. Je te prie de m'excuser, Olivier. Je n'aurais pas dû...

— N'en parlons plus, Louis, lui avait-il répondu, un sourire forcé aux lèvres.

« Décidément, il va falloir que nous soyons prudents, tous les quatre », s'était-il dit alors, tandis que Louis s'éloignait, gêné, d'un pas lourd et pataud.

Mais quelques jours plus tard, malgré leurs précautions, tout volait en éclats...

— Olivier, tu te décides à sortir de la douche ? Océane nous attend à la librairie.

— Deux minutes, chérie, j'arrive.

7. <u>Armelle</u>

Concentré sur le trafic routier, déjà dense, Olivier roule sans lui adresser la parole.

Bien que l'habitacle de la voiture soit une étuve et qu'elle étouffe littéralement, Armelle n'ose lui demander de brancher l'air conditionné. Trois petits kilomètres ! Il faut qu'elle prenne son mal en patience.

Elle a beau y repenser et se triturer la cervelle, elle ne parvient toujours pas, toutes ces années plus tard, à comprendre comment leur relation avec Laurette et Alexandre, amicale les premières semaines, a pu dévier si rapidement et devenir malsaine à ce point.

Tout avait déraillé, elle s'en souvient, un soir, pas plus de quelques semaines après leur première rencontre, au cours d'une soirée particulièrement bien arrosée. Alexandre, très éméché, lui avait chuchoté à l'oreille qu'il la trouvait belle et désirable. Elle s'était sentie flattée et, plutôt que de s'offusquer ou, à tout le moins, de tourner sa remarque en dérision, elle lui avait retourné le compliment et elle lui avait même confié qu'elle pensait aussi parfois intensément à lui. Tellement intensément qu'elle pouvait s'en trouver fortement émoustillée. Curieusement, de façon invraisemblable pour une femme aussi prude qu'elle, avoir prononcé ces paroles ne l'avait ensuite nullement choquée et elle n'en avait ressenti aucune gêne.

De son côté, Laurette, qui avait tout entendu, avait éclaté de rire et, approchant son visage au plus près de celui d'Olivier, elle lui avait confessé, d'un ton langoureux, qu'elle brûlait d'envie de le posséder. Tout aussi étonnamment, son mari ne l'avait pas repoussée. Il s'était, au contraire, enflammé et il l'avait embrassée aussitôt sur la bouche.

Puis, très vite, tout s'était enchaîné et ils s'étaient retrouvés nus, à même la moquette. De longs moments, leurs corps, fiévreux, s'étaient entremêlés frénétiquement.

En s'éveillant aux côtés de son époux, dans le lit conjugal, la tête lourde, le lendemain matin, submergée par un puissant sentiment de honte, Armelle avait imaginé qu'ils avaient été drogués, de l'une ou l'autre façon, par Alexandre ou Laurette et elle s'était juré de ne plus jamais les fréquenter mais, plus la journée avait passé, plus elle s'était remémoré les moments intenses et délicieux qu'elle avait connus au cours de la nuit.

Alors, la semaine suivante, elle avait recommencé. Et les semaines qui avaient suivi, aussi !

En vérité, avant même d'en prendre réellement conscience, Armelle, qui avait refoulé au plus profond d'elle tout sentiment de culpabilité et cessé de s'interroger sur la justesse de son comportement, était devenue accro de l'échangisme.

Accro au point qu'elle avait remballé Olivier sans ménagement quand celui-ci, écœuré par leur propre déchéance, l'avait suppliée un jour, avant qu'il ne soit trop tard, de tout arrêter.

Aujourd'hui, elle regrette, évidemment, et elle s'en veut affreusement d'être tombée dans ce piège car, après le départ de Laurette et Alexandre pour Ottawa, il leur avait fallu des mois pour effacer de leur esprit les images de cette relation perverse entretenue avec leurs amis et leur histoire commune avait, dès lors, plus d'une fois, failli s'achever prématurément.

En outre, depuis la dernière soirée et son dénouement funeste, une douleur sourde et un profond mal-être se sont ancrés en elle. Une douleur sourde et un profond mal-être tellement intenses qu'ils lui ont pourri une bonne partie de l'existence.

Ah ! si...

— Armelle, il faudrait peut-être que tu descendes de la voiture, ma chérie. Nous y sommes.

— Pardon, mon amour, je rêvassais.

8. <u>Alexandre</u>

Alexandre a mal dormi. Il a l'estomac barbouillé. Il se jure de ne plus avaler le moindre sushi avant longtemps. Vêtu d'un jogging, il est sorti pour effectuer son footing matinal sur la digue mais la chaleur, enveloppante, qui frappe déjà, l'a dissuadé de courir. En nage, il a préféré s'asseoir sur un banc, face à la mer. L'air marin le revigore. Il ferme les yeux, laisse les pensées envahir son esprit.

Bien que l'histoire se soit mal terminée, Alexandre conserve un souvenir agréable de l'aventure que son épouse et lui ont connue avec les parents d'Océane.

Il ne regrette rien. Bien au contraire. Et si c'était à refaire, il agirait exactement de la même manière.

Les pratiques libertines avec ses amis lui avaient plu. Beaucoup plu !

D'ailleurs, des années plus tard, alors qu'ils habitaient Ottawa depuis un certain nombre d'années déjà, il avait incité Laurette à goûter à nouveau à ces plaisirs équivoques. Hélas, elle avait refusé net et avait même menacé de le quitter aussitôt s'il persistait dans son intention. Dépité, il s'était résigné car, quoique son attitude puisse suggérer le contraire, il adorait son épouse et tenait à elle.

C'est lui qui avait été l'inspirateur de leur dévergondage, il s'en souvient parfaitement. Pris d'un désir aussi subit qu'incontrôlé, il avait, un soir, mis le feu aux poudres en déclarant soudainement sa flamme à Armelle. Étrangement, à sa propre surprise, celle-ci ne l'avait pas rejeté. Et, peu après, tandis qu'il pelotait hardiment Armelle, il avait remarqué que Laurette et Olivier s'embrassaient. Cela l'avait rassuré et tous les quatre avaient été brusquement emportés dans un tourbillon impudique incontrôlable.

Il ne pouvait avancer de raison à ce magnétisme insensé qui les avait réunis. Rien ne les prédisposait à cette liaison singulière. Ils étaient parfaitement heureux et comblés dans leurs couples respectifs et leurs unions avaient été, tant chez l'un que chez l'autre, encore récemment illuminées et renforcées par la naissance de leur enfant. Aucun séisme ne semblait donc devoir venir perturber la belle harmonie de ces ménages modèles. Mais, par un hasard curieux de l'existence, ils s'étaient rencontrés et l'attirance, tant physique que psychique, avait été fulgurante car, inconsciemment, ils avaient découvert leurs âmes jumelles.

D'amis, ils étaient donc devenus amants...

Ah ! comme il avait aimé observer son ami prendre son épouse ; ah ! comme il avait adoré s'emparer de la sienne.

Jeux intimes d'adultes consentants. Qui aurait pu les en blâmer s'il n'y avait eu ce fâcheux accident ?

Revigoré, il se lève et se dirige vers la maison.

Il est heureux : dans quelques mois, il sera grand-père.

9. <u>Olivier</u>

Assis derrière son bureau dans l'arrière-boutique de la librairie, Olivier examine les ventes de la semaine sur son portable pour établir la liste de réapprovisionnement des ouvrages. Il pourrait se réjouir car le chiffre d'affaires est en hausse. Pourtant, il fait grise mine et culpabilise.

Depuis des années, en fait, il se reproche son attitude. Comment, diable, a-t-il pu se laisser embarquer dans une telle aberration ? Et, surtout, pourquoi n'a-t-il pas réagi plus fermement quand leurs séances ont pris une tournure de plus en plus extravagante, de plus en plus perverse ?

Les premières fois, il avait trouvé leurs échanges plaisants. La monotonie des rapports, qui commençait à ronger son couple, malgré leur parfaite entente, s'était envolée et la découverte de nouvelles sensations l'avait ravi. Oui, dans un premier temps, il avait aimé cette idée de braver les conventions, de sortir des sentiers battus. Mais, assez vite, il s'était senti mal à l'aise dans ce rôle de libertin des temps modernes et de profonds sentiments de jalousie et de culpabilité s'étaient incrustés en lui.

Un soir, il avait confié ses tourments à Armelle et il lui avait demandé d'en revenir à une approche de la sexualité plus conventionnelle. Il avait cru naïvement qu'elle en serait ravie mais elle avait refusé. Elle lui avait dit de ne pas s'inquiéter, qu'elle l'aimait et qu'elle considérait cet intermède comme une joyeuse récréation. Elle avait découvert l'amour sans amour, avait-elle ajouté, et elle souhaitait poursuivre, plus loin encore, cette expérience sensuelle enrichissante. Il avait été profondément déçu mais, de peur de la perdre, il n'avait pas eu le courage de protester.

Il se souvient qu'il avait été réellement effrayé le jour où Alexandre les avait rejoints muni d'une panoplie d'objets sexuels douteux. En ce qui le concerne, l'usage de menottes, martinet, cravache, pinces pour tétons et autres ustensiles, plus hideux les uns que les autres à ses yeux, l'avait toujours écœuré, mais, là encore, il n'avait eu ni la force, ni le courage de réagir. Au contraire même, puisque, à l'insistance de ses trois comparses, il s'en était, lui aussi, servi au cours de leurs jeux particuliers.

Englouti dans ce tourbillon de turpitude, il était devenu dépressif et avait perdu tout amour-propre. Un jour, il avait même songé, comme unique issue à ce marasme, à disparaître définitivement.

Mais tout avait basculé et il avait été sauvé !

10. <u>Laurette</u>

Sa nuit fut, certes, peuplée de cauchemars, mais, étonnamment, malgré les révélations de la veille et l'étau qui lui enserre maintenant le crâne, Laurette a la sensation d'avoir bien dormi.

Assise sur la lunette des toilettes, les coudes sur les cuisses et la tête entre les mains, elle tente, après avoir uriné, de se remettre, tant bien que mal, les idées en place et de trouver la bonne attitude à adopter pour sauver les apparences et ne pas entraver le bonheur de son fils. Hélas, les mêmes questionnements, les mêmes images du passé lui reviennent toujours en mémoire et l'empêchent d'avancer.

« Seigneur, pourquoi a-t-il fallu que j'emprunte ces chemins tortueux ? se demande-t-elle.

Bien qu'à moitié ivre, j'avais été sidérée, le fameux premier soir, lorsque Alexandre avait déclaré sans gêne à Armelle qu'il la trouvait séduisante, et assommée pour le compte quand celle-ci lui avait répondu qu'elle le désirait.

Perdue, j'avais éclaté bêtement de rire et, Dieu sait pourquoi, j'avais affirmé aussitôt à Olivier que j'avais une folle envie de lui. Mais, quand celui-ci m'avait embrassée, j'en avais eu un haut-le-cœur et j'avais failli le repousser brutalement. Cependant, pour ne pas perdre la face vis-à-vis d'Alexandre et d'Armelle, je m'étais contenue et j'avais répondu à son baiser.

Puis, soudain, tandis qu'il me tripotait assidûment, une chaleur déroutante, puissante, sortie du fond de mes entrailles, pareille à un bouillonnement intime, sensation inconnue de ma personne jusqu'alors, m'avait envahi le bas-ventre et m'avait foudroyée. Et, à cet instant précis, insidieusement, mon corps s'était emparé de mon esprit.

Alors, tout était allé très vite. Dans les bras d'Olivier, j'avais joui comme jamais je n'avais joui dans ceux d'Alexandre. À vrai dire, sans que je le comprenne encore, je venais de me perdre et, bientôt prisonnière de mes nouveaux fantasmes, j'allais, très vite, me retrouver enchaînée à mes trois complices. »

Dérangée par l'aboiement bruyant d'un chien à proximité, Laurette émerge brusquement de ses souvenirs. Surprise de constater qu'elle se trouve toujours aux toilettes, elle s'essuie rapidement, quitte les lieux et se dirige vers la cuisine pour se préparer un expresso.

Ensuite, alors que le liquide s'écoule lentement dans sa tasse, elle replonge, sans réellement le souhaiter, dans les affres du passé.

« Fallait-il vraiment que cela se termine si tragiquement ? se dit-elle.

C'était un samedi soir, comment l'oublier ? Nous étions tranquilles car nous avions pu confier les enfants pour la nuit au papa d'Armelle. Elle avait prétexté une sortie au restaurant pour qu'il accepte de jouer au baby-sitter. Compréhensif, le brave homme avait accepté de bon cœur.

Au cours de l'apéritif, pris ensemble au salon, Laurette et moi, nous avions décidé de nous livrer à un strip-tease pour émoustiller les hommes. Après celui-ci, nous avions convenu de nous séparer et Olivier m'avait emmenée à l'étage. Arrivé dans sa chambre, il m'avait confié, d'un air triste, qu'il n'en pouvait plus de cette escalade qu'il jugeait malsaine. Il craignait que cela ne se termine affreusement mal et il voulait tout arrêter. Et ce soir-là, il souhaitait que nous fassions l'amour dans son lit simplement, tendrement, comme un couple ordinaire. Comme il aurait pu le faire avec Armelle, avait-il ajouté. J'avais opiné de la tête, sans plus, et, même si j'avais trouvé sa réflexion curieuse et saisi son appel au secours, je n'avais émis aucun commentaire. Pour toute réponse, je lui avais simplement empoigné la verge et j'avais commencé à le masturber. Alors, après un long soupir de désappointement — le soupir d'un être déçu de ne pouvoir être compris par quiconque — il s'était résigné à poser la main sur mon sexe et il avait commencé à me caresser. Et bientôt, l'excitation ayant pris le dessus, ses états d'âme s'étaient évaporés.

Mais soudain, alors que son membre chaud s'affairait depuis tout un temps en moi, et que, comme souvent avec lui, un plaisir violent, tel un tsunami qui déferle sur une plage, commençait à me submerger, un cri perçant, surgi du rez-de-chaussée, m'avait ramenée instantanément sur terre !

Ahurie, j'avais ouvert les yeux et mon regard avait croisé celui d'Olivier, tout aussi interloqué que moi.

Alors, à cet instant, sans dire un mot, sans nous concerter, sans même prendre le temps de nous vêtir, nous nous étions rués vers les escaliers. »

11. <u>Louis</u>

Depuis plus d'une heure, la petite Océane hurlait, empêchant Thomas, pourtant épuisé, de s'endormir. Inquiet, Louis avait appelé sa sœur aînée à la rescousse. Dès son arrivée, Nathalie, marraine d'Armelle et veuve comme lui, avait compris pourquoi l'enfant s'époumonait à crier de cette manière.

— Sa sucette. Elle réclame sa sucette. Armelle a oublié de te la donner. La petite ne s'endort jamais sans elle, lui avait-elle dit.

— Crénom, ce n'est pas possible, lui avait-il répondu, totalement désemparé.

— Ce n'est pas grave. Tu as bien le double des clés de la villa ? avait-elle demandé.

Il avait acquiescé.

— Alors, tu te rends chez eux pendant que je veille sur les enfants. Tu montes dans la chambre d'Océane, tu ramènes la tétine et le tour est joué, avait-elle poursuivi.

« Ma grande sœur est formidable ; elle a toujours été formidable », avait pensé Louis, avant d'enfiler sa veste, d'embrasser sa frangine et de se précipiter au garage pour y prendre sa bécane et filer chez Olivier et Armelle.

— J'en ai pour dix minutes, tu m'as sauvé la vie, avait-il lancé à Nathalie en souriant avant de s'élancer sur la route.

Arrivé hors d'haleine à la villa, distante de moins de deux kilomètres de son domicile, mais située au sommet d'une rue en forte pente, il avait posé sa bicyclette contre la façade et, après avoir, tout de même, pris le temps de reprendre quelque peu son souffle, il avait décidé, pour plus de facilité, de s'introduire dans la maison par la porte arrière, celle qui donne directement dans la cuisine, à proximité immédiate du salon, où se situe l'alarme qu'il allait devoir débrancher.

Comme la lune offrait, en ce début de nuit, une belle clarté, il avait pu, malgré sa vue déficiente, longer facilement l'allée latérale et il avait bifurqué à gauche au bout de celle-ci, mais, dès qu'il avait débouché dans le jardin, il avait tressailli car il s'était aperçu aussi vite que les persiennes arrière de la villa étaient levées et que de la lumière jaillissait vers l'extérieur.

Un bref instant, Louis était resté figé, cloué sur place puis, le cœur battant, il s'était approché prudemment et avait jeté un œil dans le salon illuminé.

Ce qu'il avait découvert alors dépassait l'entendement et il avait cru défaillir.

Armelle, sa petite Armelle, sa fille chérie, gisait nue sur la moquette, bras par-dessus la tête et jambes écartées. Elle avait, lui avait-il semblé, les mains fixées au radiateur par des menottes et les pieds attachés au sofa par des cordelettes. Et, comble de l'horreur, un bâillon bondage l'empêchait manifestement de crier.

Sans réfléchir, il s'était précipité pour porter secours à sa fille mais, les mains tremblantes, il avait eu un mal fou à introduire la clé dans la serrure. Tout en s'acharnant, les scénarios les plus fous avaient défilé dans sa tête et Louis avait eu l'impression terrifiante d'avoir été projeté dans un cauchemar effroyable dont il est impossible de s'échapper.

En fin de compte, après plusieurs tentatives infructueuses, il avait enfin réussi à ouvrir cette foutue porte, à s'introduire dans la maison et à se précipiter dans le salon.

Quand elle l'avait aperçu débouler, le visage cramoisi, dans la pièce, Armelle, stupéfaite, l'avait regardé d'un air pétrifié, comme si un spectre était apparu devant elle.

— Ne t'en fais pas, Armelle, c'est moi. C'est papa. Je suis là, lui avait-il dit, les larmes aux yeux, en s'abaissant pour tenter de lui ôter les liens qui l'immobilisaient.

Elle avait secoué la tête violemment. Il avait compris qu'elle voulait lui parler et avait voulu lui retirer son bâillon mais, avant d'avoir eu le temps de s'exécuter, un homme corpulent, portant une cagoule noire sur la tête, et vêtu d'un seul slip de latex, était entré sans qu'il s'en rende compte dans la pièce et lui avait posé la main sur l'épaule. Louis s'était retourné et, sans prendre le temps de réfléchir, il avait voulu frapper l'individu du poing, mais celui-ci avait esquivé facilement le coup.

— Arrêtez, Louis, je vous en prie. Ce n'est pas du tout ce que vous croyez, lui avait crié l'agresseur.

En fait, Louis ne croyait rien. Il n'avait même pas remarqué que l'homme masqué venait de s'adresser à lui en l'appelant par son prénom. Il était embarqué dans une situation qui le dépassait totalement et, à vrai dire, la seule chose qui lui importait à cet instant, était de sauver sa fille.

Fou de rage, il avait tenté une deuxième fois de cogner violemment le colosse mais l'individu avait à nouveau réussi à parer le coup. Alors, en désespoir de cause, Louis avait voulu s'élancer sur lui pour le plaquer au sol mais, avant de l'atteindre, une douleur intense dans la poitrine l'avait stoppé net dans sa tentative et, inconsciemment, il avait poussé un hurlement déchirant, hurlement dans lequel s'entremêlaient toute sa souffrance, toute sa rage et tout son désespoir.

Puis, ses yeux s'étaient révulsés et il s'était écroulé, mort !

****

Le décès tragique de Louis avait signifié la fin de leurs rencontres. Après l'enterrement, ils s'étaient évités, chacun, à des degrés divers, préférant vivre avec ses propres remords et ses propres ressentiments.

Trois mois plus tard, Alexandre avait accepté un poste à Ottawa et Laurette et lui avaient quitté la ville avec leur fils Thomas sans un signe d'adieu pour leurs voisins.

Il leur avait fallu du temps, beaucoup de temps, à tous pour oublier.

Jusqu'au jour où...

Table